Poésies

par

LES CHANTS DU SOIR

Charles

Manso

IMPRIMERIE
L. DANEL à LILLE.
1863.

LES

CHANTS DU SOIR.

LES CHANTS DU SOIR

poésies

PAR

CHARLES MANSO.

Ce livre est toute ma jeunesse....
A. DE M.

LILLE,
IMPRIMERIE DE L. DANEL.
1869

A MA MÈRE.

A toi, ma Mère, à toi ce livre,
Qu'avec crainte aujourd'hui je livre
Au vent de la publicité.

Je n'en espère nulle gloire...
Non, cette pensée illusoire
Serait une naïveté.

Si pourtant une main amie
M'apportait, ô mère endormie!
En retour, quelques humbles fleurs;

A l'heure calme où le jour tombe,
J'irais les porter sur ta tombe,
Sans doute humides de mes pleurs!

Ignorant la critique amère,
Seul, ton indulgent cœur de mère
Eût proclamé ce livre beau;

Mais tu ne pourras plus le lire...
Et jamais les sons d'une lyre
N'ont fait tressaillir le tombeau.

Janvier 1869.

A MA MÈRE.

A toi, ma Mère, à toi ce livre,
Qu'avec crainte aujourd'hui je livre
Au vent de la publicité.

Je n'en espère nulle gloire...
Non, cette pensée illusoire
Serait une naïveté.

Si pourtant une main amie
M'apportait, ô mère endormie !
En retour, quelques humbles fleurs ;

A l'heure calme où le jour tombe,
J'irais les porter sur ta tombe,
Sans doute humides de mes pleurs !

Ignorant la critique amère,
Seul, ton indulgent cœur de mère
Eût proclamé ce livre beau ;

Mais tu ne pourras plus le lire...
Et jamais les sons d'une lyre
N'ont fait tressaillir le tombeau.

Janvier 1869.

A MES RIMES.

O rimes, dans ce livre à cette heure enfermées,
Compagnes de mes nuits, compagnes de mes jours,
Est-ce vrai, vous allez, mes pâles bien-aimées,
Me quitter pour toujours?

Quel sera votre sort? serez-vous repoussées
Avec dédain, de seuil en seuil?
Ou vous réserve-t-on, filles de mes pensées,
Un doux et bienveillant accueil?

Quoi qu'il arrive, allez, soyez humbles et fières:
Humbles devant l'éloge et fières sous l'affront;
Mettez-vous en chemin, pauvres aventurières,
Je vous embrasse au front!

Allez, bras et pieds nus, comme des paysannes,
Sans morgue et sans timidité,
N'ayant rien de commun avec les courtisanes,
Ces filles de la lâcheté.

Bohêmes aux yeux noirs, marchez avec courage,
Nez et cheveux au vent, sous le soleil de Dieu;
Souriez au ciel pur, souriez à l'orage;
Allez, enfants, adieu!

A TRAVERS CHAMPS.

La campagne est toute fleurie,
Les bois touffus sont pleins de chants,
Le soleil dore la prairie,
Viens, nous irons, Muse chérie,
Nous promener à travers champs.

LE POÈTE.

Une voix a dit au poëte :
Ta mission est de chanter...
Va, que ta voix toujours soit prête,
La foule viendra t'écouter.

Chante au temps des roses superbes ;
Quand la grappe pend au coteau ;
Quand mûrissent les blondes gerbes ;
Quand le sol met son blanc manteau.

Chante au milieu de la tempête
Ou par le flot calme bercé ;
Que ta voix en tous temps répète
Ce que ton cœur aura pensé.

Chante au couchant, chante à l'aurore,
Chante d'en bas ou des sommets;
Que ton chant vibrant et sonore,
Que ton chant ne cesse jamais.

Sur ton front est une auréole,
Dans ton cœur un trésor caché,
Chante, sois la voix qui console,
Va, front que mon doigt a touché!

Cette voix qui dans sa demeure,
Dans l'ouragan, sous le ciel bleu,
Dit au Barde : chante à chaque heure,
Cette voix est la voix de Dieu!

LE TRAVAIL DU PRINTEMPS.

Le printemps passe dans la nue,
Entendez-vous son joyeux chant?
Il va, front riant, tête nue,
Sur chaque chose se penchant.

Il passe, d'un vol énergique,
En fécondant chaque sillon,
Et dore de son doigt magique
L'aile du léger papillon.

De son amante, la prairie,
Il émaille le vert manteau,
Et fait une tête fleurie
A chaque pommier du coteau.

Il adoucit l'onde glacée
Sous son souffle chaud et puissant,
Et laisse tomber la rosée
Sur le front du bouton naissant.

Il va près du doux nid d'argile,
Caché sous la feuille des bois;
Soudain, de la couche fragile
Montent d'harmonieuses voix.

Il réveille les violettes
Qui dormaient sous les gazons verts,
Et fait autant de cassolettes
De ces frais boutons entr'ouverts.

Près des carreaux de la mansarde
Où le pauvre gémit tout bas,
Il s'arrête, et longtemps regarde
Ces fronts pâles sur ces grabats...

Bientôt il les voit lui sourire,
Et se soulevant à demi,
L'un à l'autre, joyeux, se dire :
« C'est le printemps, c'est notre ami! »

Il s'éloigne, sa tâche est faite,
De son travail il est joyeux,
Il regarde la terre en fête
Et reprend son vol vers les cieux.

PAPILLON ET PAQUERETTE.

I

Une petite paquerette,
Coquette,
Sentit son cœur battre d'amour,
Un jour.

Un papillon de la colline
Voisine,
Avait charmé, pour son malheur,
La fleur.

Palpitante, au milieu de l'herbe,
Superbe,
Elle le voyait qui volait,
Allait

Joyeux où le portaient ses ailes,
Si belles !
Sans voir ses innocents appas,
Hélas !

Elle tressaillait à sa vue,
Émue,
Mais lui, passait distrait et fier
Dans l'air.

Elle courbait alors la tête,
Pauvrette !
Et cachait à ses jeunes sœurs
Ses pleurs...

Puis, tout bas, disait dans la mousse,
Bien douce :
Il m'aimera peut-être enfin
Demain.

Et pendant la nuit embaumée,
Calmée,
Elle attendait le doux retour
Du jour.

Le lendemain passait de même;
Plus blême,
La fleur s'affaissait sous le vent
Souvent.

II

Près des roses voluptueuses,
Rieuses
Courtisanes de nos jardins
Mondains,

Le papillon, tête frivole
Et folle,
Allait chercher de vains bonheurs
Trompeurs;

Et l'humble fleur pleine de charmes,
En larmes,
Penchait sur le sol son front blanc
Tremblant.

Enfin, sur sa tige épuisée,
Brisée,
La pauvrette mourut un jour,
D'amour!

III

Le poète vain, ce me semble,
Ressemble
A ce papillon, messager
Léger

De la fraîche saison des roses,
Écloses
Sous les beaux rayons du soleil
Vermeil.

Dans un inutile délire,
Sa lyre
Va soupirer ses plus doux chants,
Touchants,

Sous les balcons, où, fière et blanche
Se penche
Une femme au regard mutin,
Hautain;

Qui détourne à peine, distraite,
La tête,
Sur ce troubadour, amoureux
Peureux.

Et s'il entre dans sa demeure
Une heure,
Elle brise, d'un air moqueur,
Son cœur.

Pendant ce temps-là, pâle et sombre,
Dans l'ombre,
Quelque vierge se meurt d'ennui
Pour lui.

Légers papillons et poètes,
Vous êtes
(Soit dit, sans vous mettre en courroux)
Des fous!

Vous cherchez en haut, âmes vaines,
Des peines,
Quand le bonheur vous tend les bras
En bas...

PAQUERETTE,

IDYLLE.

Mars, le vieux mitrailleur, crible nos toits de grêle,
L'air est encor glacé dans nos plaines du nord;
Dans un pâle rayon, la paquerette frêle
Montre son col d'argent, orné d'un bouton d'or.

Elle semble nous dire, en balançant la tête :
« Amis, je vous annonce un ciel moins inclément. »
Combien passent sans voir la gentille fleurette,
Ou sous leur pied brutal l'écrasent lâchement.

L'éloge est pour la rose et pour le lis superbe,
Pour le camélia vaniteux et mondain;
Et pour toi, paquerette, humble fille de l'herbe,
On n'a, le plus souvent, qu'un regard de dédain.

Moi, je t'aime, vois-tu, pauvre fleur inodore,
Qui viens à nous quand froide est encor la saison,

Que l'été nous conserve et qu'on retrouve encore
Quand l'hirondelle a fui vers un autre horizon.

Oui, je t'aime, pauvrette, et te trouve jolie
Avec tes petits airs innocents et coquets.
Enfant, combien de fois ne t'ai-je pas cueillie
Pour faire une couronne ou de mignons bouquets.

On peut te dédaigner, moi je prends ta défense ;
Va, crois aux prés, aux bois, aux seuils de nos maisons,
Crois pour plaire aux petits, compagne de l'enfance,
Scintille sous le ciel, étoile des gazons !

Va, sur ton front charmant la jeune aurore verse
Le liquide cristal que sa main distilla ;
Le soleil te réchauffe et le zéphir te berce
Comme la rose fière et le camélia !

MARIANNE.

Sous les pommiers verts et fleuris
Le violon vibre en cadence;
Les gars, les filles du pays,
Joyeux, se livrent à la danse.
Au-dessus de la haie en fleurs,
Voyez-vous cette ombre légère?
C'est Marianne, la bergère,
Qui vient regarder les danseurs.

Pourquoi reviens-tu, Marianne?
Ton souvenir est effacé;
Retourne, beauté diaphane,
Au fond de ton tombeau glacé.

Quand la mort vint près de ton lit,
L'an dernier, se pencher, farouche,
Ton fiancé, le front pâli,
Criait, des sanglots dans la bouche :

Pitié! mon Dieu, pour nos amours,
Elle morte, il faut que je meure!
Laisse cet ange en sa demeure,
Mes jours sont liés à ses jours.

Pourquoi reviens-tu, Marianne?
Ton souvenir est effacé;
Retourne, beauté diaphane,
Au fond de ton tombeau glacé.

La mort étendit lentement
Sa main sur ton front... hélas! Pierre,
Sur le sol tomba lourdement,
Quand son doigt toucha ta paupière.
Et pour le royaume des cieux
A regret déployant ton aile,
Croyant sa douleur éternelle,
Tu partis, des pleurs dans les yeux.

Pourquoi reviens-tu, Marianne?
Ton souvenir est effacé;
Retourne, beauté diaphane,
Au fond de ton tombeau glacé.

A peine un an s'est écoulé,
Près d'une autre fille jolie,
Ton ingrat amant consolé,
S'enivre d'amour et t'oublie...

La lune pâle vient briller ;
Là-bas, sur ce groupe, regarde ;
Au son de la corde criarde,
Pierre danse... il faut l'oublier.

Pourquoi reviens-tu, Marianne?
Ton souvenir est effacé ;
Retourne, beauté diaphane,
Au fond de ton tombeau glacé.

Pourquoi quitter ton noir cercueil
Et venir ici, blanc fantôme,
Avec une larme dans l'œil,
Sous cet arbre, épier cet homme?
La danse et le ménétrier
N'ont plus d'attraits pour toi, pauvre ombre ;
Ta place est au pied de l'if sombre
Où Pierre ne vient plus prier.

Pourquoi reviens-tu, Marianne?
Ton souvenir est effacé ;
Retourne, beauté diaphane,
Au fond de ton tombeau glacé.

Là-bas, sous ce tertre isolé,
Tu gémissais dans ton suaire,
Car ton pauvre cœur désolé
Attendait en vain sa prière.

Aujourd'hui tu voulus savoir
Si son âme était oublieuse,
Et tu vins, blanche et vaporeuse,
Quand descendit l'ombre du soir.

Pourquoi reviens-tu, Marianne?
Ton souvenir est effacé;
Retourne, beauté diaphane,
Au fond de ton tombeau glacé.

La douleur ne siége qu'un temps
Dans le cœur humain, Marianne;
Tel qui sanglottait au printemps
Sourit quand la rose se fane;
L'oubli jette son voile épais
Sur celui qui chancelle et tombe;
Cœur blessé, regagne ta tombe
Et dans ton linceul dors en paix.

Pourquoi revenir, Marianne,
Vers ton oublieux fiancé?
De son cœur, beauté diaphane,
Ton souvenir est effacé.

PRIÈRE D'ENFANT.

Mon bel enfant, déjà la nuit
Voile la terre,
Oh ! viens t'agenouiller sans bruit
Près de ta mère.

Joins ensemble tes blanches mains ;
Maintenant, prie.
Dis : veillez sur tous les humains,
Vierge Marie !

Veillez sur l'enfant nouveau né
Qui souffre et pleure ;
Donnez à l'homme infortuné
Une demeure.

Rendez au pensif exilé
Son cher rivage ;
Rendez à tout cœur désolé
Force et courage.

Protégez l'orphelin chétif,
Triste et docile;
Guidez, la nuit, son pas craintif
Vers un asile.

Donnez toujours gloire et bonheur
A ma patrie.
Guidez-moi toujours vers l'honneur,
Moi qui vous prie!

Et l'enfant toujours répétait;
Et sa prière,
Comme l'encens vers Dieu montait,
Pure et légère.

Le ciel était brillant et beau,
Et, chose étrange,
Il sentit choir deux gouttes d'eau
Sur son front d'ange...

Rentrons, dit-il, il pleut, je crois,
Petite mère...
Et la mère passait ses doigts
Sur sa paupière.

AUBADE.

Viens, amante timide,
Le jour est éclatant,
Les pieds dans l'herbe humide
Ton bien-aimé t'attend.

Mai fièrement se drape
Dans son manteau de fleurs,
Et tout joyeux s'échappe
Dans la rosée en pleurs.

Nous irons dans la plaine,
Nous irons dans les champs,
Oh! viens, j'ai l'âme pleine
Et d'amour et de chants.

Je tresserai, mignonne,
Pour orner tes cheveux,
Une fraîche couronne
De bluets gracieux.

Viens, ici tout t'invite :
Serein est l'horizon,
La blanche marguerite
Sourit dans le gazon.

Au sillon l'alouette
Répète son refrain,
Dans le bois la fauvette
Chante en cherchant son grain.

Le cygne au col de neige
Se mire dans les eaux,
Et gravement protége
Son nid dans les roseaux.

L'abeille courageuse
Butine de son mieux;
Viens, ma belle amoureuse,
Tout prend un air joyeux.

Dans la verte ramure,
La brise, en ce beau jour,
Passe, et son doux murmure
Semble un doux chant d'amour.

Près du ruisseau limpide,
O mon page au front pur,
Nous irons, l'œil humide,
Chercher la fleur d'azur;

La fleur chère en l'absence,
La fleur qui dit tout bas
Par sa douce présence :
« Ah ! ne m'oubliez pas ! »

A ton gentil corsage
Ma main l'attachera,
Et sur notre passage
Chacun nous sourira.

Puis sur le tronc d'un chêne,
D'un vieux chêne abattu,
Las, nous irons sans gêne
Parler d'amour... veux-tu?

Viens, amante timide,
Le jour est éclatant,
Les pieds dans l'herbe humide
Ton bien-aimé t'attend

PAYSAGE.

A Mr G. B.

Ainsi que des oiseaux de mon toit envolés,
Ces vers iront demain s'abattre à votre porte;
Leur plumage n'est point éclatant, mais qu'importe,
Au nom de l'amitié, Gustave, accueillez-les.

Comme toi j'aime la campagne,
Là je voudrais avoir mon toit,
Là, Gustave, avoir comme toi
Le soleil pour ami, la muse pour compagne.

J'aimerais avoir ma demeure
Sur le bord d'un étroit sentier,
Où l'aubépin et l'églantier
M'enverraient leurs parfums suaves à chaque heure.

Dans ce lieu ta vie est paisible,
La muse est là pour te charmer,
Ta bonne mère pour t'aimer,
La nature pour plaire à ton âme sensible.

Tu peux, quand l'aurore t'éveille,
A ta fenêtre t'accouder,
Et, rêveur, au loin regarder
Trembler l'or des épis dans la plaine vermeille.

La feuille de bouleau frissonne,
Les oiseaux chantent au buisson,
La brise t'apporte le son
De la cloche d'airain qui lentement résonne.

Tu vois sortir de sa chaumine
Le pâtre qui va d'un pas lent,
Et ses brebis qui vont bêlant
Dans les prés que déjà le soleil illumine.

Plus loin dans son chariot passe
Le villageois au teint hâlé;
Des abeilles l'essaim ailé
Autour des lourds chevaux bourdonnent dans l'espace.

Tu regardes, heureux poète,
Gracieusement voltiger
Le papillon frêle et léger
Dont l'aile de velours vient effleurer ta tête.

Le soleil boit toute la brume;
De ta gente et blanche maison
Tu découvres, à l'horizon,
Lille qui se réveille et dont chaque toit fume.

Longtemps ton œil contemple et rêve
Devant ce spectacle enchanteur,
Bientôt vers son sublime auteur
Comme le pur encens ton cœur ému s'élève.

Le frais parfum des fleurs t'enivre ;
Souriant au ciel pur et bleu,
Tout bas ne dis-tu pas : mon Dieu,
Dans les champs embaumés on est heureux de vivre!

Ainsi que toi, mon cher Gustave,
Si j'habitais ce lieu charmant,
De mon âme pieusement
Monterait l'hymne saint comme un parfum suave.

A la ville une ardente fièvre
Embrase les sens et le cœur ;
Près du rire impie et moqueur
La prière souvent expire sur la lèvre!

Hélas! nous suivons notre route,
Fronts soucieux, cœurs sans amour,
Et nous nous trouvons chaque jour
Plus éloignés de Dieu, qui nous maudit sans doute!

Oh! crois-moi, reste à la campagne,
Reste sous ton paisible toit,
Et que Dieu laisse près de toi
Ta mère aux cheveux blancs, la muse, ta compagne

PENDU DANS LA FORÊT.

A M. GUSTAVE DORÉ.

Maître, ceci n'est point un conte imaginaire.
Au fond d'une forêt, dans un sentier perdu,
Sous les rameaux feuillus d'un arbre centenaire,
Un matin on trouva cet horrible pendu...

Tu le vois, j'ai voulu, de ma plume incertaine,
Esquisser ce cadavre au milieu d'un rayon,
Et puis je me suis dit : non, cette étrange scène,
De Gustave Doré réclamait le crayon !

Sur la forêt en fleurs rayonnait le printemps...

Il était là, pendu... Depuis combien de temps?
Qui le sait? dans ce coin retiré nul ne passe.
De sinistres corbeaux tournoyant dans l'espace,
Fuyaient en emportant de putrides débris,
Revenaient, affamés, en poussant de grands cris,
S'abattre sur le front de ce pendu livide,
Et dans les trous des yeux plongeaient un bec avide.
Le doux soleil de mai, de ses rayons si beaux
Caressait ce corps noir qui tombait en lambeaux;

Les vers blancs fourmillaient sur ses membres inertes,
Les mouches d'or suçaient le sang noir des chairs vertes;
L'air était empesté; de l'abdomen ouvert
Les entrailles coulaient sur le frais gazon vert;
Une troupe de rats, par l'odeur attirée,
Prenait sa large part à l'horrible curée;
Et pendant qu'ils mangeaient, la brise, au-dessus d'eux,
Balançait doucement le cadavre hideux!

Dans les arbres chantaient les pinsons et les merles;
Sur les fleurs la rosée avait jeté ses perles;
Les lézards paresseux se chauffaient au soleil,
La forêt semblait prise en un réseau vermeil,
Les rouges écureuils bondissaient dans les branches,
Les papillons baisaient les paquerettes blanches,
Les feuilles chuchottaient entre elles doucement,
Le vieux lierre étreignait l'arbre amoureusement;
Dans les brins verdoyants des herbes recourbées
Glissaient furtivement les brillants scarabées;
La svelte libellule effleurait en passant
De son aile d'azur le roseau frémissant,
Le ruisseau gazouillait tendrement sous la mousse,
La brise du matin passait suave et douce,
La terre tressaillait sous les baisers du jour;
Tout riait sous le ciel, tout respirait l'amour.
Et dans cette splendeur, dans ce printemps en fête,
On voyait grimacer ce corps presque squelette...
Dans une étincelante et vermeille lueur,
La vie et ses attraits, la mort et son horreur!

Quel sombre désespoir, quelle noire Euménide
Avaient jeté cet homme aux bras du suicide?
Comment avait-il pu mourir et dédaigner
Ce que déploie aux yeux le soleil printanier?

O frères, voyez-vous, il faut, quoiqu'on les blâme,
Plaindre du fond du cœur, plaindre du fond de l'âme,
Ces voyageurs lassés au milieu du chemin,
A qui ne sourit plus l'espoir du lendemain,
Qui prennent, éperdus, la mort comme un refuge,
Et qu'à son tribunal attend Dieu, ce vrai juge!

LA MORT DES FLEURS.

Le vent mugit, les arbres tremblent,
Les feuilles tombent sur le sol,
Les hirondelles se rassemblent
Et loin de nous prennent leur vol.
On n'entend plus des alouettes
Le chant gracieux retentir ;
Voici le temps, jeunes fillettes,
Où les fleurs vont mourir !

Adieu, chansons des brises folles
Et frais gazouillements des nids ;
Dans l'onde bourbeuse, les saules
Trempent leurs longs cheveux jaunis.
Ne sortez pas sans vos douillettes,
Car le froid pourrait vous saisir ;
Voici le temps, jeunes fillettes,
Où les fleurs vont mourir !

Plus de courses dans les prairies,
Plus de haltes au bord de l'eau,
Le givre pend ses broderies
Aux branches mortes du bouleau ;

La bise passe sur nos têtes;
Son souffle nous fait tressaillir;
Voici le temps, jeunes fillettes,
Où les fleurs vont mourir!

Les resplendissantes journées
Font place aux humides brouillards;
Au faîte de nos cheminées
Montent les petits savoyards;
De l'hiver chétives fauvettes
Sur nos toits ils viennent glapir;
Voici le temps, jeunes fillettes,
Où les fleurs vont mourir!

On entend grincer et se plaindre
La girouette du beffroi;
Dans la mansarde on entend geindre
Le pauvre, qui tremble de froid;
Combien de mères inquiètes
Sur les sombres jours à venir...
Voici le temps, jeunes fillettes,
Où les fleurs vont mourir!

Dans les salons, que de lumières,
Que de chants, que d'accords joyeux!
Quel silence dans les chaumières
Et que de larmes dans les yeux!

Pour les uns c'est l'instant des fêtes,
Pour d'autres l'instant de gémir...
Voici le temps, jeunes fillettes,
Où les fleurs vont mourir!

Vous que la fortune caresse,
Vous à qui sourit le destin,
Pensez aux pauvres en détresse
Qui pleurent, près de l'âtre éteint;
Là, sur de fiévreuses couchettes,
Que d'indigents à secourir,
Quand vient le temps, jeunes fillettes,
Où les fleurs vont mourir!

A JEANNE.

Avez-vous oublié, Jeanne,
Ce joli matin d'été
Où vous étiez sur un âne
Et moi trottant à côté?

Il faisait vraiment beau, Jeanne,
Le soleil était bien doux;
Il se nommait Jack, votre âne;
Jeanne, vous souvenez-vous?

Vous riiez aux éclats, Jeanne,
Je riais aussi, je crois;
Seul, votre pauvre vieil âne
Ne riait point de nous trois.

Les prés étaient en fleurs, Jeanne,
Ils fleurissaient les chardons;
J'en arrachai pour votre âne;
Il accepta sans façons.

Je me piquai les doigts, Jeanne,
Et vous riâtes plus fort;
Mais il m'en sut gré, votre âne;
Du moins je le crois encor.

En nous voyant passer, Jeanne,
Les bons villageois entre eux
Disaient : — sans parler de l'âne —
Oh! les jolis amoureux!

Il est loin ce jour-là, Jeanne,
Et je m'en souviens toujours;
J'ai su depuis, que votre âne
Avait terminé ses jours.

Hélas! que voulez-vous, Jeanne,
Tout ici-bas n'a qu'un temps;
L'homme passe comme l'âne,
L'amour, comme le printemps.

Je sais qu'à cette heure, Jeanne
De moi ne se souvient plus;
Elle a fait choix d'un autre âne;
Elle a deux enfants joufflus.

Et lorsque je pense à Jeanne,
J'en viens à dire ceci :
Bien vite on oublie un âne...
Et un amoureux aussi!

LA PAYSANNE.

Elle passait, la paysanne;
J'admirais ses fraîches couleurs,
Sa peau que le soleil basane,
Ses bruns cheveux ornés de fleurs.
Ses pieds étaient tachés de boue,
Mais nulle honte sur sa joue;
Elle allait, belle de pudeur,
En souriant avec candeur

En voyant l'enfant jeune et gaie,
Cheminer gracieusement
Et cueillir des fleurs sur la haie
Pour en parer son front charmant,
Je disais de loin : va, pauvre ange,
Et reste ainsi. — Contraste étrange,
Sous le soleil d'autres s'en vont,
Les fleurs aux pieds, la boue au front

AVRIL.

A ALFRED VITAUX.

Avril a mis sa robe verte,
Sa robe aux reflets éclatants
De boutons d'or toute couverte;
Amis, saluons le printemps!

Le léger papillon passe,
Fier de ses vives couleurs,
Et l'abeille, dans l'espace,
Bourdonne en cherchant des fleurs.

Le pâtre lentement chemine,
De ses blancs moutons entouré;
Dans l'étable, le bœuf rumine,
Il sent l'herbe fraîche du pré.

La gentille primevère
Semble dire, à sa façon,
En levant sa tête fière :
Voici la belle saison !

Dans le feuillage clair des chênes,
Gazouillent les petits oiseaux ;
On entend jaser les fontaines
Avec leurs amis les roseaux.

L'hirondelle au vol agile,
Est là depuis quelques jours,
Bâtissant son nid d'argile
Pour abriter ses amours

Des enfants les bandes joyeuses
S'échappent la main dans la main,
Mêlant dans leurs boucles soyeuses
Les fleurs qu'ils cueillent en chemin.

La modeste paquerette,
Au-dessus du vert gazon,
Montre sa timide tête,
Et regarde l'horizon.

La terre prend un air de fête,
Des champs monte de joyeux sons,
Et du cœur ravi du poëte
Montent de pieuses chansons.

Ce charmant réveil l'enchante,
Son œil sourit au ciel bleu,
Son front rêve, sa voix chante
Son âme s'élève à Dieu!

Avril a mis sa robe verte,
Sa robe aux reflets éclatants,
De boutons d'or toute couverte;
Amis, saluons le printemps!

LA MOUCHE.

A A. NOULEZ.

Pourquoi viens-tu, gentille mouche,
Sur ma couche
Et dans mes blancs rideaux de lin,
Si matin?

Ton chant monotone m'irrite;
Pars bien vite;
Je veux sur mon oreiller
Sommeiller.

Je sais que le soleil rayonne;
Mais, mignonne,
Je préfère, au brillant soleil,
Le sommeil.

Laisse-moi, je pourrais d'un geste,
Sûr et preste,
Las de ton importun baiser,
T'écraser.

Toi, pauvre mouche, qui peut-être,
Viens de naître,
Et commence à peine ici-bas,
Tes ébats;

Qui viens avec les fleurs nouvelles,
Et, comme elles,
N'obtiens de l'inflexible temps,
Qu'un printemps.

Mais avec tes pattes mutines
Tu t'obstines
A frétiller dans mes cheveux,
Et je veux!...

Non, Dieu seul a droit sur ta vie,
Et, ravie,
Poursuis, sans crainte de ma main,
Ton chemin.

Pars, ma fenêtre est entr'ouverte,
Vive, alerte,
Tu peux, au dehors, sans danger,
Voltiger.

Le ciel est d'azur, la prairie
Est fleurie,
L'oiseau chante dans le buisson
Sa chanson.

Envole-toi libre et joyeuse,
Sois heureuse,
Va livrer tes rapides jours
Aux amours.

Moi, je veux dormir, mignonnette;
Ma couchette
Me rend, après un doux repos,
Plus dispos.

Quand de pourpre et d'or la colline
S'illumine;
Quand la nuit couvre d'un manteau
Le hameau;

Sous les jasmins ou sous les roses
Tu reposes;
Nous, gravement, nous travaillons
Et veillons.

Ignorant ces pénibles veilles,
Tu t'éveilles
Lorsque l'aurore épand ses pleurs
Sur les fleurs;

Tu te baignes dans la rosée,
Reposée;
Tu reprends, plus joyeuse encor,
Ton essor.

A cette heure, nous qui ne sommes
Que des hommes,
Sans voir le soleil sur les monts,
Nous dormons.

Voilà pourquoi, belle volage,
Je t'engage
A ne plus m'agacer ainsi,
Sans merci.

Mais que vois-je? mon chat te guette!
Oh! pauvrette,
Prends garde! il pourrait t'attraper,
Te happer!

Ah! trop tard... sous sa dent avide
Et perfide,
Il a brisé ton frêle corps,
Sans efforts.

Adieu, doux printemps, adieu, plaine,
Toute pleine
De rayons, de fleurs et de chants
Si touchants;

Adieu, bois, forêts, ondes pures
Et murmures;
Adieu, la vie et les amours,
Pour toujours!

AUBE ET CRÉPUSCULE.

A Mr DESROUSSEAUX.

La grand'mère et l'enfant, en se donnant la main,
Suivent à petits pas un verdoyant chemin ;
L'enfant gazouille et rit, l'aïeule pense et rêve ;
L'un commence ici-bas l'œuvre que l'autre achève.

Ému, j'ai bien souvent suivi d'un œil pensif
Cette aïeule courbée et cet enfant naïf ;
L'une grave s'en va, l'autre en riant arrive,
Tous deux, d'un pied tremblant, touchent l'extrême rive.
C'est le printemps marchant de front avec l'hiver,
L'arbre au chef dépouillé près de l'arbrisseau vert,
Le travail au début, la besogne achevée,
Le pétillant départ et la lente arrivée ;
C'est le passé donnant la main à l'avenir,
La lueur de l'espoir, l'ombre du souvenir !

L'enfant, trop jeune encor, n'a pas de fiel dans l'âme,
L'aïeule n'en a plus ; foyer presque sans flamme,
C'est le pardon pour tous que son cœur a gardé,
Et ce rayon divin dore son front ridé !
Je regarde passer ces deux points de la vie,
L'un me rend soucieux, l'autre me fait envie ;
Pour entendre leurs voix, je chemine près d'eux ;
Ils marchent à pas lents et chancellent tous deux,
L'un au pied du berceau, l'autre au seuil de la tombe,
L'enfant, aube qui naît, l'aïeule, jour qui tombe

LES SENTIERS DU COEUR

Allons, bouclons notre sandale,
Et le bâton de houx en main,
Entrons dans le poudreux dédale
De ces sentiers du cœur humain;
Si quelque sceptique nous blesse
Et nous raille d'un air moqueur,
Qu'importe, montrons sans faiblesse
Ces battements de notre cœur.

AMOUR.

A l'aigle qui choisit son aire solitaire
Sur un roc escarpé, loin des bruits de la terre,
Il faut la liberté;
Sais-tu ce qu'il me faut, à moi, qui dans ma chambre
Chante quand mai sourit ou quand pleure décembre?
Il me faut ta beauté.

A la fleur qui languit, triste, à demi-brisée,
Il faut, pour ranimer sa corolle épuisée,
Le soleil radieux;
Sais-tu ce qu'il me faut, alors que je chancelle,
Pour retrouver la force? Il me faut l'étincelle
Qui jaillit de tes yeux.

Au pêcheur égaré, la nuit, dans la tourmente,
Et jeté loin du port par la vague écumante,
Amie, il faut le jour;
Sais-tu ce qu'il me faut, pour poursuivre ma route,
Au milieu de la brume et des écueils du doute?
Il me faut ton amour.

DISCRÉTION.

J'ai dit ton nom à l'hirondelle errante ;
J'ai dit ton nom à la source où je bois ;
J'ai dit ton nom à la rose odorante ;
J'ai dit ton nom à la feuille des bois.

J'ai dit ton nom à la brise embaumée ;
J'ai dit ton nom au nuage argenté,
Et tous les deux, ma douce bien-aimée,
Avec amour au loin l'ont emporté.

Et maintenant la rose sur sa tige
Le dit tout bas au léger papillon ;
Dans l'air brumeux, la feuille qui voltige
En tournoyant, va le dire au sillon.

En jaillissant de la source limpide
Le flot le dit au murmurant roseau ;
Dans ses ébats l'hirondelle rapide
Discrètement le dit à chaque oiseau.

En soupirant, lorsque la brise passe,
Elle le dit aux ormeaux, aux ajoncs,
Et le nuage emporté dans l'espace
Le dit aux tours des antiques donjons.

L'homme est venu pour le savoir, mon ange,
Il est moqueur, et j'ai répondu, non !
Il est méchant, et j'ai peur de sa fange ;
A l'homme seul je n'ai point dit ton nom.

MARIE.

Eh quoi, sous ces riches habits,
Sous cette riche broderie,
Sous ce velours et ces rubis,
Se peut-il ! vous seriez Marie ?
Non, la fille à l'œil noir et doux,
Qu'autrefois j'ai connue,
N'avait que sa grâce ingénue
Et ses vingt printemps pour bijoux.

A quoi bon mentir, je vous prie ?
Non, non, vous n'êtes pas Marie.

Vous agitez un éventail
Comme une sultane indolente ;
L'aurore éclairait le travail
De son aiguille vigilante.

Non, votre sort n'est point pareil,
Cette montre mignonne
Vous marque l'heure, ma lionne,
Marie en souriant consultait le soleil.

A quoi bon mentir, je vous prie?
Non, non, vous n'êtes pas Marie.

En cuir noir était son soulier,
En satin est votre babouche;
En crin était son oreiller,
En blanc duvet est votre couche;
De fard et de poudre de riz
Vous faites grand usage,
Je n'ai jamais sur son visage
Aperçu qu'un charmant souris.

A quoi bon mentir, je vous prie?
Non, non, vous n'êtes pas Marie.

Vous avez des chevaux de prix,
Des bronzes, des meubles de Boule,
De riches et moëlleux tapis
Que votre pied nonchalant foule;
Marie, un matin me fit voir
Sa gentille chambrette;
J'aperçus, près de sa couchette,
Pour tout luxe, un Christ de bois noir.

A quoi bon mentir, je vous prie?
Non, non, vous n'êtes pas Marie.

Dans ce boudoir plein de senteur
Vous enfermez votre air maussade ;
A pied, dans les sentiers en fleurs
Marie aimait la promenade.
Je trouve, au lieu de sa pudeur,
Un sans-façon qui blesse ;
Vous souriez avec finesse,
Elle, riait avec candeur.

A quoi bon mentir, je vous prie ?
Non, non, vous n'êtes pas Marie.

Non, je ne puis vous croire, non,
Je ne vous connais pas, Madame,
Celle dont vous prenez le nom
Autrefois fut chère à mon âme,
Que Dieu la garde ; j'ai l'espoir
Que, mère de famille,
Auprès de sa lampe qui brille,
Elle veille en chantant le soir . . .

Mais, qu'avez-vous donc, je vous prie ?
Vous pleurez. . . ah ! c'est vous, Marie !

ANNIVERSAIRE.

Cette date revient brûlante à ma pensée ;
Cette date, milieu d'un beau mois de printemps,
Cette date, sans doute en ton cœur effacée,
Hélas ! depuis longtemps !

Je le vois, là, depuis l'aurore...
Pourquoi ces regrets superflus ?
Ah ! c'est que mon cœur aime encore,
Alors que le tien n'aime plus !

Silence ! étouffons toute plainte,
Est-ce juste de t'accuser
Quand mon front garde encor l'empreinte
De ton doux et dernier baiser ?

Va, fais ce que ton cœur t'ordonne,
Le mien, amie, a pardonné ;
Qu'au centuple le Ciel te donne
Le bonheur que tu m'as donné.

Comme rêve une jeune tête,
Depuis longtemps j'avais rêvé
Cet idéal que tout poète
Cherche, et rarement a trouvé.

Mon front penchait comme le saule,
Et mon cœur souffrait chaque jour :
Pour appui l'un eut ton épaule,
Pour baume l'autre eut ton amour.

Ta voix passionnée et tendre,
Ta voix si pleine de douceur,
A mon oreille fit entendre
Ces mots qui tombent sur le cœur.

Et ce que je nommais chimère,
Par toi devint réalité...
Tu n'es plus, bonheur éphémère,
Mais ton souvenir m'est resté !

Le souvenir, c'est quelque chose
Dont le cœur se fait un trésor ;
On peut moins regretter la rose
Quand son parfum nous reste encor.

Elle est loin cette heure si belle
Dont mon cœur est encor rempli,
Je ne veux pas jeter sur elle
Le voile sombre de l'oubli !

Je sais bien qu'ici-bas tout change,
Que nos beaux jours sont dispersés ;
Je ne t'accuse pas, mon ange,
Tu m'as aimé, c'est bien assez.

Lorsque ta voix m'a dit : je t'aime !
Ton doux cœur fut sincère. . . enfin
Aussi beau que soit le poëme
Il faut bien qu'il ait une fin. . .

Un jour, sous tes beaux yeux, si cette page tombe,
Ces vers, faibles enfants penchés sur l'avenir,
Te diront que je veux, jusqu'au seuil de la tombe,
Garder ton souvenir !

AUTO-DA-FÉ.

Hier pour moi fut un triste jour :
J'ai brûlé mes lettres d'amour.

J'ai dit : allons, je veux détruire
Ces papiers jaunis et froissés
Qui m'ont fait pleurer et sourire,
Chagrins morts et bonheurs passés.

J'ai là des phrases amoureuses,
Des mots passionnés et doux ;
J'ai là des promesses menteuses
Et des billets pleins de courroux.

Plis mignons, lettres parfumées,
Dont plus d'une me fit au cœur
Des cicatrices mal fermées
Où réside encor la douleur.

Pourquoi retourner en arrière ?
Vains regrets ou pleurs superflus,
Cette heure est votre heure dernière,
Non, je ne vous relirai plus.

Je vous dois des jours pleins de charmes,
Je ne le puis nier, pourtant
Je vous dois encor plus de larmes ;
Allons, la flamme vous attend !

Adieu, vous êtes condamnées,
Rentrez au néant, à la nuit,
Allez avec les fleurs fanées
De ma jeunesse qui s'enfuit.

Puis à la flamme pétillante
Ma main sans trembler les tendit,
Elle s'éleva plus brillante,
En serpentant, et. . . tout fut dit.

Je regardai la flamme avide
Rejeter le papier noirci,
Et refermai le tiroir vide,
Vide !. . . hélas ! mon cœur l'est aussi !

Hier pour moi fut un triste jour :
J'ai brûlé mes lettres d'amour.

UN RÊVE.

Depuis l'aube levé je me sens triste et sombre,
Veux-tu savoir pourquoi j'ai sur le front cette ombre?
Un rêve en est la cause, un rêve évanoui
Qui me tient sous son charme et me laisse ébloui;
Je le chasse, il revient, et sans cesse j'y songe;
Écoute, je veux te raconter mon beau songe :

Nous étions mariés, c'était le lendemain
Du jour où l'on avait consacré notre hymen.
Souriant, je venais d'entr'ouvrir ma paupière;
Le soleil inondait la chambre de lumière,
Un de ses rayons d'or se jouait doucement
Sur l'oreiller de lin et sur ton front charmant.
Que je t'aimais ainsi! que tu me semblais belle!
Ta joue avait l'éclat de la pêche nouvelle,
Tes cheveux dénoués flottaient sur ton cou nu
Et sur ta lèvre errait un sourire ingénu.
Adam a dû jadis ainsi voir sourire Eve.
Quand sur son front béni planait l'ange du rêve...
Ce suave réveil était nouveau pour moi,
Et le cœur palpitant, rempli d'un doux émoi,

Je contemplai longtemps, accoudé sur ma couche,
Ce sourire d'enfant qui passait sur ta bouche.

J'écartai les rideaux ; mes yeux virent alors
Ces riens charmants qui sont de précieux trésors :
Le bouquet d'oranger, le voile, la couronne
Qui t'avait faite hier semblable à la madone ;
Le livre, les pendants d'oreilles, le collier,
Le soulier si mignon près de l'autre soulier,
Et sur un canapé, la nuptiale robe
Etait là, vaporeuse et blanche comme l'aube...
Poétique tableau, désordre gracieux
Qu'une fois seulement l'hymen met sous nos yeux !
Tout ce qui m'entourait était si plein de charmes
Que mes regards ravis se voilèrent de larmes ;
Tes jours étaient enfin enchaînés à mes jours,
J'étais heureux !... Et toi? toi, tu dormais toujours.

Ému, je me penchai sur ton visage rose,
Ma lèvre s'approcha de ta bouche mi-close,
Un de mes pleurs tomba sur ton front lisse et pur,
Et soudain tu rouvris tes deux grands yeux d'azur !
Ton regard me chercha ; joyeuse et souriante,
Tu cachas dans mon sein ta tête rougissante
Et je sentis tes bras qui m'entouraient le cou !
Hélas ! je m'éveillai... j'étais seul, pauvre fou...
Seul, sous mon toit glacé, dans ma chambre d'artiste !

Voilà pourquoi je suis ce matin sombre et triste.

CAPRICE.

A Mʳ L. R.

Chacun garde de sa maîtresse
Un objet quelconque avec soin,
Que d'un œil jaloux il caresse
En souriant et sans témoin.

Doux souvenir d'une heure heureuse,
L'un garde à son doigt un bijou;
Un autre une boucle soyeuse
Au fond d'un coffret d'acajou.

L'un presse la fine dentelle
D'un élégant petit mouchoir
Qu'au bal, une main blanche et frêle
Avec un aveu laissa choir.

Un autre, un portrait qu'il admire ;
Un autre un ruban parfumé,
Ou, près de son cœur qui soupire,
Un petit médaillon fermé.

Un autre enfin garde une rose
Qu'il détacha d'un front charmant,
Que parfois d'un pleur il arrose
En songeant à ce doux moment.

Dans le fond d'un meuble je garde
Un petit souvenir aussi,
Qu'à certains moments je regarde,
Mais point en amoureux transi.

Sachez que ce n'est ni dentelle,
Ni fleur, ni bijou, ni cheveux,
Ni médaillon, ni portrait d'elle,
Et pourtant il m'est précieux.

Cherchez ce que cela peut être...
Non, vainement vous chercheriez ;
Et vous allez rire, peut-être,
Si je le nomme... Eh bien, riez.

Je vois d'ici votre surprise
A ce fol aveu... ma foi, c'est...
Une pierrette de cerise
Qu'un soir de juin elle suçait !

De sa bouche fraîche et rieuse
Sur mes papiers elle roula ;
Comme une perle précieuse
Depuis lors je la garde là.

Ainsi qu'un oiseau qui s'envole
Après avoir dit sa chanson,
Un jour, cette gentille folle
A fui vers un autre horizon...

Y songer est une folie ;
Où ses pieds se sont-ils posés ?
Où donc sa bouche si jolie
A-t-elle porté ses baisers ?

MON CŒUR.

Un jour vous étiez désœuvrée,
Vous alliez d'un pas incertain
A travers la plaine dorée
Par un doux rayon du matin.

Vous aviez une robe blanche
Que faisait onduler le vent ;
Un roitelet sur une branche
Chantait, et moi j'allais rêvant...

Que vous étiez belle, Madame,
Avec ce simple vêtement !
Pauvre fou, jusqu'au fond de l'âme
Je tressaillis en ce moment.

Que se passa-t-il dans mon être ?
Je l'ignore ; vous souriiez,
Et, sans réfléchir, je vins mettre
Mon cœur palpitant à vos pieds.

Comme vous ne saviez que faire,
L'ennui vous rongeait ce jour-là,
Vous le prîtes pour vous distraire,
Et mon cœur ainsi s'en alla.

Dans la poussière de la route,
Un beau jour je l'ai retrouvé;
Vous l'aviez jeté là, sans doute,
Par le balcon, sur le pavé...

Près de quelques roses fanées
Qu'enlaçait un ruban flétri,
Choses par vous abandonnées,
Il gisait inerte et meurtri!

Rien, Madame, dans votre vie
N'a changé d'aspect pour cela,
Et vous allez, belle et ravie,
Sans l'ennui de ce matin-là.

Mais moi? moi... bah! que vous importe,
Ce fol incident est passé;
Savez-vous même si je porte
Un cœur par votre main blessé?

MESSAGE.

Penché sur l'humble pâquerette
Que dans un pli tu m'envoyas,
J'ai, déchirant sa collerette,
Interrogé la fleur tout bas.

Suis-je aimé, dis-je? ma chérie,
De toi j'attends un prompt aveu.
Et la fille de la prairie
Me répondit alors : « Un peu... »

Un peu! c'est ainsi qu'elle m'aime?
— Ce cri de mon cœur est sorti. —
Viendras-tu me dire toi-même
Que la fleur des prés a menti?

AMOUR DE BOHÊME.

Te souvient-il de la chambrette,
— Un autre dirait le grenier, —
Où commença notre amourette,
L'hiver avant celui dernier?

Elle n'avait qu'une fenêtre
Prenant le jour pâle au dehors;
Certes, il y manquait le bien-être,
Mais nous nous aimions tant alors!

Tu travaillais, modeste et sage,
En rêvant je te regardais;
Ils ne gênaient point le passage
Les meubles que tu possédais.

Nous étions là fort à notre aise,
Mais s'il venait quelqu'un, le soir,
En souriant j'offrais ma chaise,
Et sur ton lit j'allais m'asseoir.

Souvent tu prolongeais la veille,
C'était dur, mais quand il le faut.
Je me souviens qu'à ton oreille
Le bijou d'or faisait défaut.

Mais a-t-on besoin de parure
Quand on a trois fois six printemps,
Un doux sourire, une âme pure,
Dans l'œil des rayons éclatants?

On peut être pauvre sans honte,
A tort on en rougit souvent.
Près de ton vieux poêle de fonte
Nous écoutions siffler le vent.

Je te faisais une lecture,
Tu m'écoutais en travaillant;
Plus d'une fois sur ta couture
J'ai vu rouler un pleur brillant.

C'était quelque récit étrange
De l'histoire des anciens preux,
Où, couverts de sang et de fange
Passaient des rois au rire affreux.

Ou bien un fantastique conte
Tiré des mille et une nuit,
Où l'âme d'un prince ou d'un comte
Revient lorsque sonne minuit!

A cette histoire tout entière,
Soudain, tu sautais brusquement,
Quand un matou dans la gouttière
Miaulait amoureusement.

Bientôt à l'horloge voisine
Dix heures sonnaient lentement,
Je pressais ta main blanche et fine
Et je baisais ton front charmant.

Tu disais, en prenant ta lampe :
Prends garde, tu pourrais glisser...
D'une main je tenais la rampe,
L'autre t'envoyait un baiser!

Je descendais l'escalier sombre
D'un pied léger et d'un pas sûr,
Tout en suivant de l'œil dans l'ombre
Ta silhouette sur le mur.

S'il faisait trop froid, le dimanche,
Résignés nous ne sortions pas;
Nous soupions, une gaîté franche
Animait notre humble repas.

Nous avons bu souvent ensemble
Dans le même verre, je crois,
D'un vin qui n'est pas, ce me semble,
Servi sur la table des rois...

Qu'importe ! alors d'une voix haute
Nous entonnions une chanson,
Nous buvions au bonheur, notre hôte,
Au bel amour, notre échanson !

Un soir pourtant nous nous quittâmes,
Car rien ne dure sous les cieux ;
La tristesse était dans nos âmes,
Les larmes étaient dans nos yeux.

La vie a des heures amères...
Plus tard nos cœurs endoloris
Pensent aux bonheurs éphémères
Dont ils se sont longtemps nourris

La fortune capricieuse
Peut frapper à ta porte, un jour,
Qu'elle te trouve aussi rieuse
Que dans le temps de notre amour.

SOUVENIR.

Maintenant que le temps a passé sur le jour
Où vous avez brisé d'un seul coup mon amour,
Je puis le regarder en face, ce me semble,
Sans pâleur sur le front, sans que ma lèvre tremble,
Je puis me souvenir de cette passion
Comme à propos d'un autre, et sans émotion.
Et pourtant cet amour absorbait tout mon être...
Avant de vous aimer, avant de vous connaître,
Tel feu n'avait jamais pénétré dans mon cœur...
(Je vous prie, éloignez ce sourire moqueur,
Quel intérêt me pousse à vous dire un mensonge?)
Vous avez brusquement interrompu le songe
Que faisait cet amour, insouciant dormeur,
Le front sur l'oreiller enchanté du bonheur.
Quel réveil m'a donné votre main scélérate?
On n'est pas plus cruelle, on n'est pas plus ingrate!
Ce cœur rempli de vous, vous l'avez déchiré,
Et comme un faible enfant ce jour-là j'ai pleuré.
J'aurais vendu pour vous mon honneur et mon âme,
Et vous avez osé me dire... oh! c'est infâme!

— Non, vous avez bien fait, car vous m'avez guéri,
Je me suis relevé fier, quoique endolori;
Mon cœur ne pouvant plus rien espérer du vôtre,
J'ai dit : adieu, soyons étrangers l'un à l'autre.

En amour l'un ne peut donner tout, l'autre rien,
Et qui sait bien aimer désire être aimé bien.
Je méprise fort l'homme et sans cœur et sans tête
Qui s'abaisse et soupire aux pieds d'une coquette;
Fi! puissé-je plutôt qu'implorer cet œil sec,
En brisant mon amour, briser mon cœur avec!
Ce qu'on avait donné peut toujours se reprendre
Et s'offrir, noble encor, à qui sait nous comprendre.
Qu'au fond du cœur blessé la foi demeure encor,
Tout n'est point en clinquant, on n'a pas détruit l'or;
Les femmes ne sont pas toutes femmes de marbre,
Et pour un fruit amer ne condamnons pas l'arbre:

Étrangers l'un à l'autre... hélas! qui l'aurait cru?
Nul ne ramènera ce bonheur disparu,
Et ce serait folie encor que de prétendre
Trouver une étincelle au fond de cette cendre.

L'amour trompé rugit et venge son affront;
L'amour déçu se tait et se voile le front;
Entre eux deux voulez-vous savoir la différence?
L'un met la haine au cœur, l'autre, l'indifférence.

RETRAITE D'HIVER.

L'hiver est mon inquiétude,
Je déteste ce noir vieillard
A l'aspect sombre, à la peau rude,
Qui marche à travers le brouillard.

Ainsi que Murger, le poète,
Chère, je m'enferme aujourd'hui
Et t'invoque, comme Musette
Fut invoquée un soir par lui.

Viens partager cette retraite
Où tu règneras en vainqueur;
Chaque jour sera jour de fête
Si je te sens près de mon cœur.

Sur nos tuiles pleure décembre,
Le vent, comme un loup affamé,
Hurle; fermons bien notre chambre
En attendant le mois de mai.

Le sol semble un plancher d'albâtre,
La brume voile l'horizon,
Rapprochons nos chaises de l'âtre
Où gaîment pétille un tison.

De ce charmant cachot, ma blonde,
L'amour sera le geôlier.
Nous nous rappellerons le monde
Quand nous désirerons bâiller.

Je hais les glaçons et le givre,
Le froid est mon seul ennemi.
J'ai des provisions pour vivre
Comme la prudente fourmi.

Le soleil refuse à la terre
L'or de ses rayons radieux,
Dans cette prison volontaire
N'aurai-je pas ceux de tes yeux?

Il est haut le gîte où nous sommes,
Pour y monter on souffle un peu,
Mais plus on s'éloigne des hommes,
Plus on se rapproche de Dieu!

Nous ne prêterons point l'oreille
Aux bruits qui nous viendront d'en-bas;
Que la foule dorme ou s'éveille,
Nous n'y songerons même pas.

Et pendant que, comme une folle,
Elle ira par les blancs chemins,
J'aurai mon front sur ton épaule
Et mes mains dans tes blanches mains.

Nous n'aurons jamais d'heures tristes
Tant que nous serons amoureux;
Nous vivrons en vrais égoïstes,
Bien oubliés, bien oublieux...

Laissant, dans leur affreux délire,
Empereurs et rois commander
Aux peuples de s'entre-détruire,
Quand Dieu les fit pour s'entr'aider;

Et d'autres gaspiller sans honte,
L'or sué par leurs travailleurs,
Sans songer qu'ils auront un compte
A régler quelque jour ailleurs!...

Oublions toutes ces misères,
Hélas! hélas! qu'y pouvons-nous?
Qui craint l'éclat de nos colères
Et l'éclair de notre courroux?

Donc, puisque l'hiver nous assiége,
Enfermons-nous jusqu'au printemps,
Près du foyer narguons la neige,
Avec l'amour narguons le temps.

On nous laissera, je suppose,
En paix dans ce nid chaud et doux,
Car nous sommes trop peu de chose
Pour qu'on s'inquiète de nous.

Nous ne rouvrirons notre porte
Qu'au joyeux retour des lilas;
Si quelque intrus frappe, qu'importe!
Nous crierons: nous n'y sommes pas!...

Lorsque la gentille hirondelle,
A la printanière saison,
Sur nos carreaux battra de l'aile,
Nous quitterons notre prison.

Ainsi que deux faons dans la plaine,
Joyeux, nous nous élancerons,
Et jusques à perte d'haleine
Dans l'herbe fraîche nous courrons.

Nous irons revoir la rivière
Que moire l'haleine du vent,
Et le rustique banc de pierre
Où nous nous assîmes souvent.

Peut-être que, près de sa borne,
Nous reverrons sur le chemin
Cette vieille à l'air triste et morne
Qui nous tendait sa pâle main.

En allégeant la tirelire
Tu rendais plus lourd son plateau ;
Elle te payait d'un sourire
Qui s'effaçait presqu'aussitôt.

Nous irons de nouveau, ma chère,
Sous les acacias embaumés,
Où, pendant la saison dernière,
Heureux, nous nous sommes aimés!

Des fleurs et des vertes feuillées
Nous aspirerons les senteurs,
Et nos tendresses réveillées
Feront bondir nos jeunes cœurs!

Les habitants ailés des branches
Se pencheront aux bords des nids,
En secouant leurs plumes blanches,
Pour voir nos baisers infinis...

Dieu n'a pas de regard farouche
Pour les amants... — Il fit un jour
Le baiser, charmant, pour la bouche,
Et les cœurs tendres pour l'amour!

LES CHANTS DU SOIR.

Loin des bourgeois apathiques
Qui siégent dans leurs boutiques
En empilant des gros sous;
Loin de la face avinée
De cette jeunesse née
Pour le sans dessus dessous;
Loin des écrivains acerbes
Et loin des puissants superbes
Qu'un sot et vil encensoir
Fait nager dans un flot d'ambre;
Rêveur, au fond de ma chambre,
J'ai rimé ces chants du soir.

APRÈS LA FAUTE.

Donc, les hommes étant au travail condamnés,
Dieu les fit assembler près de son trône austère,
Et quand il les vit tous devant lui prosternés,
Il leur dit : « Vous allez désormais sur la terre
» Demander au travail le pain de chaque jour...
» Vous m'avez offensé, je vous punis en maître.
» Voici des instruments que je vais vous remettre;
» De mon trône approchez chacun à votre tour. »

Alors on vit passer cette foule accourue
Des quatre points du monde à la voix du Très-Haut;
L'un reçut de ses mains la bêche ou la charrue,
Un autre un lourd filet, des flèches, un fléau,
Et tous, le front penché comme le triste saule,
S'en allèrent au loin dans un différent lieu,
A regret emportant sur leur robuste épaule
L'instrument qu'ils avaient reçu des mains de Dieu.

Déjà baissait le jour et leur groupe avait fui ;
Dieu, le front courroucé, debout sur un nuage,
Le suivait du regard, quand parut devant lui
Un homme à l'œil pensif, au souriant visage,
« Et moi, Maître, dit-il, en ployant un genou,
» Que vais-je manier? le filet ou la bêche?
» Dois-je pousser le soc? dois-je lancer la flèche?
» A vos pieds me voici, que me destinez-vous? »

Le Seigneur regarda cette pâle figure
Où la mélancolie avait posé son sceau ;
Il écouta, ravi, cette voix fraîche et pure
Qui charmait son oreille ainsi qu'un chant d'oiseau.
Et donnant à cet homme une lyre d'ivoire :
« Prends ceci, lui dit-il, et sur ces cordes d'or
» Dans les siècles futurs tu chanteras ma gloire. »
— Le poète, depuis ce jour-là, chante encor.

LE VIEUX BOHÉMIEN.

A JULES VERHAGHE.

J'ai lu quelque part dans un livre :
« L'homme sage, de peu sait vivre
» Content, heureux. » Je le veux bien ;
Mais par mon patron saint Bastien,
Puis-je être heureux, moi qui n'ai rien ?

Un vagabond, vieux et débile,
Gueux, cheminant de ville en ville,
Ainsi se lamentait un soir,
Près du seuil d'un ancien manoir
Où, poudreux, il alla s'asseoir.

L'intendant, vieillard au front blême,
Parut et dit au vieux bohême :

« Par Dieu le Père, c'est à tort,
« Mon vieux, que tu te plains si fort,
« Car tu possèdes un trésor... »

— Qui ? moi ? ce bâton, ma besace,
Ce haillon où l'air du soir passe,
Trop froid l'hiver, trop chaud l'été,
Voilà mon bien. — En vérité?
— Qu'ai-je de plus ? — La liberté ! »

LA MORT DU CHRIST.

O Christ ! c'est aujourd'hui le sombre anniversaire
Où, sanglant, tu suivis le chemin du Calvaire,
Accablé sous ta croix ;
Le jour où lâchement, accomplissant leur crime,
Les Juifs, ivres de sang, choisirent pour victime
Le Fils de Dieu, le Roi des rois !

On déchira ton corps sous d'affreuses lanières ;
Ton front fut couronné d'épines meurtrières,
On te perça le cœur...
Et toi tu regardais cette foule en délire,
En répétant ces mots dans un triste sourire :
« O mon Père, pardonnez-leur ! »

Ta Mère bien-aimée, avec les saintes femmes,
Sanglotait au milieu de ces monstres infâmes,
En poussant de grands cris,
Et les lâches riaient de sa douleur amère,
Et leurs sanglantes mains, en repoussant la Mère,
Menaçaient encore le Fils.

Le tonnerre gronda dans le ciel triste et sombre,
Le long voile du Temple, en se tordant dans l'ombre,
Sur la terre tomba;
L'aquilon furieux aux cieux fit bondir l'onde,
Sur sa base ébranlée en cet instant le monde
D'épouvante, dit-on, trembla !

Comme un serpent de feu l'éclair fendit la nue,
Un soupir s'échappa de ta poitrine nue,
Ton œil, déjà terni,
Se leva lentement vers la sainte demeure
Où ton Père attendait... — Quand vint la troisième heure
Le sacrifice était fini !...

LE PAYS DU SOUVENIR.

Assis près de l'âtre qui flambe,
Vieux soldat, l'hiver je me tiens,
Et chauffant mon unique jambe,
Avec mon cœur je m'entretiens.
Lorsque le vent à ma croisée,
Comme un triste oiseau vient gémir,
Je fais voyager ma pensée
Dans le pays du souvenir.

Je revois ma chaumière blanche
Qu'ombrageait un vaste noyer;
La vieille église où le dimanche
Ma mère me menait prier;
Puis les champs où dans la rosée
Chaque matin j'allais courir...
— Errez au hasard, ma pensée,
Dans le pays du souvenir.

Je revois la charmille où Lise
Un soir me donna rendez-vous,
Où sur sa lèvre, par surprise,
Je cueillis un baiser bien doux;
Puis le jour où, l'âme blessée,
Loin de mon toit je dus partir...
— Errez au hasard, ma pensée,
Dans le pays du souvenir.

Triste, je vois fuir le village
Où ma Lise pleure tout bas;
Mais bientôt je reprends courage
En songeant aux prochains combats.
Je vois la France menacée,
J'entends le canon retentir !...
— Errez au hasard, ma pensée,
Dans le pays du souvenir.

Je vois l'altière souveraine
Que l'on appelait Liberté,
De sa main briser chaque chaîne,
Du pied fouler la royauté !
Je la vois, plus tard, renversée,
Sur le pavé sanglant mourir....
— Errez au hasard, ma pensée,
Dans le pays du souvenir.

Je vois l'aigle à la tête fière
Au monde entier dictant ses lois,
Puis, se roulant dans la poussière
Sous le lâche effort de vingt rois !

Je vois notre gloire éclipsée
Et la patrie en deuil frémir...
— Errez au hasard, ma pensée,
Dans le pays du souvenir.

Je vois, près de la mer houleuse,
Sur le front d'un rocher ardu,
Un homme à la face rêveuse,
Le regard sur les flots perdu;
De sa lèvre violacée
Un nom : — France! — vient de sortir...
— Errez au hasard, ma pensée,
Dans le pays du souvenir.

Je revois mon toit solitaire,
Nul ne dit : Sois le bienvenu;
En pleurant je baise la terre
Où de tous je suis inconnu.
J'ai, depuis, sous l'herbe froissée,
Trouvé deux noms chers à bénir...
— Errez au hasard, ma pensée,
Dans le pays du souvenir.

Ainsi je rêve près de l'âtre
Quand la neige couvre les champs,
Quand la pluie aux carreaux vient battre,
Quand les oiseaux n'ont plus de chants.
Souvent, la poitrine oppressée,
Je sens des pleurs amers venir...
Et ma douloureuse pensée
Fuit le pays du souvenir!

MA MUSE.

A MES AMIS.

Ma muse ne hait pas les fêtes
Ni les refrains du cabaret,
Mais elle aime mieux des fauvettes
Le chant, au fond de la forêt.

La mignonne n'est pas bégueule;
Vous la vîtes plus d'une fois,
Relevant sa robe, entrer seule
Dans la taverne aux chants grivois.

Et, sans renier ses principes,
Sur un banc de bois, sans façons,
Au milieu des brocs et des pipes,
Mêler sa voix à vos chansons.

Elle aime vos fronts peu moroses,
Laissant le rêve et l'idéal,
Elle a roulé dans ses doigts roses
Plus d'une fois du *caporal*.

Elle approuve qu'on mette un masque,
Mais seulement en carnaval ;
Certes, son esprit est fantasque,
Mais plus enclin au bien qu'au mal.

Un jour on parlait devant elle
Du vingt-un janvier... — Quant à moi,
Je comprends, dit la douce belle,
Qu'on chasse et non qu'on tue un roi !

Quand on lui parle de la gloire
Du grand Napoléon premier,
Elle dit : — Pourrez-vous me croire ? —
J'estime bien plus Parmentier.

Cette petite scélérate
M'appelle parfois citoyen...
Serait-elle un peu démocrate ?
Après tout, le Christ l'était bien.

Mais, en somme, la politique
N'agit point sur elle en vainqueur,
Et la campagne poétique
A plus d'empire sur son cœur.

Aussi, dès qu'avril dans la plaine
Jette fleurs et rayons dorés,
Elle s'élance à perdre haleine
Au milieu des bois et des prés.

Et là, chevelure flottante,
Assise aux pieds des églantiers,
Le front riant, l'âme contente,
Elle rêve des jours entiers.

Car sans haïr le bruit des fêtes
Ni les refrains du cabaret,
Elle préfère des fauvettes
Le chant au fond de la forêt.

LA VEILLÉE DE LA VEUVE.

A P. BLOOM.

Allons, plus vite, mon aiguille,
Glisse dans le tissu léger,
Il faut du pain pour la famille,
Et vide est le garde-manger...
Glisse dans le tissu léger,
Allons, plus vite, mon aiguille.

Sous la dent d'un noir engrenage
Mon pauvre homme est mort l'an dernier;
La misère, au triste visage,
Prit alors place à mon foyer.
Mon pauvre homme est mort l'an dernier
Sous la dent d'un noir engrenage.

Mes enfants reposent d. ns l'ombre,
Je veille seule en mon logis,
Je veille, frissonnante et sombre,
Le teint pâle, les yeux rougis...
Je veille seule en mon logis,
Mes enfants reposent dans l'ombre.

La foule joyeuse et folâtre,
Bruyamment passe sous mon toit,
Ma dernière bûche est dans l'âtre,
Qu'importe, je connais le froid....
Bruyamment, passe sous mon toit
La foule joyeuse et folâtre.

C'est le temps des bals et des fêtes,
Le carnaval est arrivé.
Mon Dieu, que n'avons-nous les miettes
De chaque repas achevé!
Le carnaval est arrivé,
C'est le temps des bals et des fêtes.

Le front de mes fils est livide,
Ce soir ils ont longtemps pleuré;
Hélas! notre buche était vide,
Combien mon cœur en fut navré!
Ce soir ils ont longtemps pleuré,
Le front de mes fils est livide.

Ils ont dit tout bas leur prière;
Que le Seigneur veille sur eux!
Le sommeil a clos leur paupière,
Le sommeil cher aux malheureux.
Que le Seigneur veille sur eux,
Ils ont dit tout bas leur prière.

Oh! Vierge, pourquoi suis-je mère?
Oh! mon Dieu, pourquoi sont-ils nés?

Il était assez grand, sur terre,
Le nombre des infortunés,
Oh! mon Dieu, pourquoi sont-ils nés?
Oh! Vierge, pourquoi suis-je mère?

Par la douleur qui le déchire,
Le pauvre, hélas! est si dompté,
Qu'il en est réduit à maudire
L'amour et la fécondité!
Le pauvre, hélas! est si dompté
Par la douleur qui le déchire!

Mon aiguille de mes doigts tombe,
Je suis fatiguée et j'ai faim...
Allons, ce n'est que dans la tombe
Que le pauvre s'arrête enfin!...
Je suis fatiguée et j'ai faim,
Mon aiguille de mes doigts tombe.

Plus vite encore, mon aiguille,
Glisse dans le tissu léger,
Il faut du pain pour la famille,
Et vide est le garde-manger...
Glisse dans le tissu léger,
Allons, plus vite, mon aiguille.

PRIÈRE D'UNE MÈRE

PRÈS DU BERCEAU DE SON FILS.

Mon Dieu, la nuit descend et s'avance sereine,
Ses voiles vaporeux bientôt nous couvriront,
Elle vient sur son char, et, fière souveraine,
Pour diadème elle a des étoiles au front.

Mon Dieu, voici mon fils qui ferme sa paupière,
Gardez de tout malheur ce fragile arbrisseau,
Daignez veiller sur lui pendant la nuit entière,
Que vos anges bénis entourent son berceau!

Mon Dieu, protégez-le, car il est faible encore,
Cent fois son œil d'azur n'a point vu le soleil...
Qu'il dorme en souriant, et que jusqu'à l'aurore
Un songe gracieux anime son sommeil.

Mon Dieu, laissez-le-nous, et que le vice immonde
Ne flétrisse jamais ce jeune front si doux ;
Hélas ! ne faut-il pas des anges dans ce monde,
Seigneur, pour apaiser votre juste courroux ?

Mon Dieu, déjà la nuit enveloppe la terre,
Ses voiles épaissis couvrent tous les chemins ;
Avant d'aller chercher un repos salutaire,
Confiante, je mets mon fils entre vos mains !

LES MENTEURS.

Quand l'hiver, ce vieillard morose
En glissant sur chaque glaçon,
Vient couper la dernière rose
Qui grelottait sur le buisson,
Je vous lis alors, ô poëtes,
Pour oublier les mauvais jours;
Pourtant je sais bien que vous êtes
Des menteurs.. des menteurs toujours.

Sur votre lyre enchanteresse
Dont les sons captivent le cœur,
Vous répétez: Aimez, jeunesse;
Aimez, là seul est le bonheur!
J'ai bien aimé, mais que de larmes
M'ont coûté ces quelques amours!
Cupidon vend bien cher ses charmes...
Poëtes, vous mentez toujours.

A l'indigent qui l'hiver chôme,
Dès que mars nous montre une fleur,
Vous dites : Laisse ton vieux chaume,
Lève-toi, pauvre travailleur,
Regarde, le printemps décore
Des gazons l'onduleux velours;
Mai vient, il gèle, on chôme encore...
Poètes, vous mentez toujours.

Plus loin vous nous criez : Courage!
Voici venir des jours meilleurs;
Au talent on va rendre hommage,
On va le couronner de fleurs.
Pour que son œuvre s'accomplisse
L'artisan au riche a recours :
L'un à la croix, l'autre l'hospice,
Poètes, vous mentez toujours.

Vous ajoutez : Les ouvrières
Vont voir leur sort changer enfin,
On doit augmenter les salaires,
On va baisser le prix du pain...,
Mensonges! plus d'une abattue
Dans cette lutte, sans secours,
Se suicide ou se prostitue!..
Poètes, vous mentez toujours.

La lumière partout pénètre,
Voici l'ère de la raison;
Voyez, l'âge d'or va renaître,
L'école annule la prison.

Erreur encor, la cour d'assises
Frappe sans trêve; et tous les jours
Nos grands hommes font des sottises...
Poètes, vous mentez toujours.

Les vers ravissants que vous faites
Vantent souvent la liberté;
Ah! dites-nous, ardents prophètes,
Où donc est-elle, en vérité?
Du monde elle sera la reine,
Disent vos séduisants discours;
Mais je n'entends qu'un bruit de chaîne...
Poètes, vous mentez toujours.

Que votre lyre harmonieuse
Vibre pourtant, chantez, chantez;
Jetez l'illusion trompeuse
Sur nos tristes réalités;
Mais pourrez-vous, ô doux poètes,
De nos soucis changer le cours;
Non, car nous savons que vous êtes
Des menteurs... des menteurs toujours.

LE BONHEUR.

I

LA JEUNE FILLE.

Le bonheur, dis-tu, ma mère,
Tant convoité par chacun,
Est une fleur éphémère
Au suave et doux parfum.

J'ai cherché, mère chérie,
Cette fleur, des jours entiers,
Dans les champs, dans la prairie,
Au bord des étroits sentiers.

Hier, dans la forêt voisine,
J'ai cherché jusques au soir,
J'ai cherché dans l'herbe fine
Qui croît près du rocher noir;

J'ai cherché sous les grands chênes
Et sous les frais aubépins,
Au bord des claires fontaines,
Au pied des sombres sapins.

Vain espoir, folle chimère,
Malgré la plus vive ardeur,
Dans nul endroit, bonne mère,
Je n'ai pu trouver la fleur.

La lune argentait la nue,
L'étoile brillait aux cieux,
Lorsque je suis revenue
Lasse et des pleurs dans les yeux.

J'espérais la trouver telle
Que mon cœur la rêve... hélas!
Mère chérie, où croît-elle
La fleur dont tu me parlas?

LA MÈRE.

Calme-toi, la fleur étrange
Que tu cherches sous tes pas,
Ne peut éclore, mon ange,
Dans les sentiers d'ici-bas...

Au pied des chênes énormes
Qui frissonnent sous le vent,
Sous les sapins, sous les ormes,
Nous la cherchons en rêvant;

Mais je te le dis, ma fille,
Elle n'est point en ces lieux :
Elle n'éclot et ne brille
Que dans les plaines des cieux!

II

Le soir, après sa prière,
L'enfant ferma ses beaux yeux;
Près d'elle veillait sa mère,
Le front grave et soucieux

C'est qu'en rêvant sur sa couche,
Sa fille parlait tout bas,
Ces mots sortaient de sa bouche :
« La fleur n'est point ici-bas...

» Un ange à l'aile azurée
» Est là qui me prend la main,
» Pour voir la fleur désirée
» Du ciel je prends le chemin... »

L'enfant se tut, et sa mère
Bientôt dormit à son tour,
Et ne rouvrit sa paupière
Que lorsque brilla le jour.

Aussitôt son œil se porte
Sur sa chère enfant qui dort,
La jeune fille était morte
Et semblait sourire encor...

Heureuse elle était allée
Respirer le parfum doux
Du bonheur, fleur étoilée,
Qui n'éclot point parmi nous!

PETITE SCÈNE HISTORIQUE.

LE VIEUX MENDIANT, *dans la rue.*

Madame, ayez pitié, je suis vieux et j'ai faim...

LA PROPRIÉTAIRE.

Qu'est-ce donc?

LA GOUVERNANTE.

Un vieillard qui demande du pain.

LA PROPRIÉTAIRE.

Qu'il s'en aille.

LA GOUVERNANTE.

Madame, il a faim...

LA PROPRIÉTAIRE.

Que m'importe !
Je n'entends que cela tous les jours à ma porte.

LA GOUVERNANTE.

C'est vrai, Madame, mais un peu de pain...

LA PROPRIÉTAIRE, *l'interrompant.*

Vraiment ?
Avec le bien d'autrui vous donnez aisément.

LE VIEUX MENDIANT, *dans la rue.*

Le soleil est brûlant, un peu d'eau, je vous prie,
Pour étancher ma soif...

LA PROPRIÉTAIRE.

Allons, obéissez, Marie,
Allez fermer la porte au nez de ce vaurien.

LA GOUVERNANTE.

Mais, Madame, un peu d'eau, cela ne coûte rien.

LA PROPRIÉTAIRE

Oui dà? Mais en pompant cette eau ma pompe s'use (1)
Suis-je maîtresse enfin? Allez, je la refuse.

Où l'auteur prend la parole.

Lecteurs, c'est sous mon toit que ce fait s'est passé;
Harpagon, ce jour-là, fut, je crois, distancé.

(1) Textuel.

LE VIEUX CHÊNE.

A ALBERT DEVIENNE.

Je suis le vaste chêne à la tête superbe,
Au vieux tronc qui résiste au temps.
Mon front touche à la nue et mon pied est dans l'herbe
Depuis près de deux fois cent ans.

Quand le printemps vient répandre
Sur tout son rayon béni,
L'oiseau gaîment vient suspendre
A mes rameaux verts, son nid.

Et sa gentille voix chante
Dans mon feuillage mouvant,
Sa romance qui m'enchante
Et qu'emporte au loin le vent

De chansons il n'est pas sobre;
Gai trouvère, il chante ainsi
Jusqu'au jour où vient octobre,
Qui brise son nid noirci.

Je regarde alors la neige
Tomber sur mes noirs rameaux,
Et l'hiver et son cortége
De tristesses et de maux.

Ainsi passe chaque année;
L'hiver fait place aux beaux temps,
Ma tête découronnée
Se pare au nouveau printemps.

Sans y prendre part, j'assiste
Aux drames du genre humain;
Je vois, moins joyeux que triste,
L'homme suivre son chemin.

Que de fois sous mes branchages
J'ai vu s'asseoir des amants...
Où sont leurs riants visages?
Où sont leurs froids ossements?

J'ai vu passer sous mon ombre
Plusieurs générations;
J'ai vu des fêtes sans nombre
Et des révolutions.

Un jour j'ai vu, moi, vieux chêne,
Le peuple, longtemps dompté,
D'un seul coup briser sa chaîne
Et la vieille royauté!

Et dans une gaîté folle
Je l'ai vu danser en rond,
En chantant la Carmagnole
Autour de mon large tronc.

Quelle tragédie étrange
J'ai pu contempler d'ici !
Que de sang et que de fange...
Mais que de grandeurs aussi !

Tout a passé comme un songe :
Les lâches et les héros,
La vérité, le mensonge,
Les victimes, les bourreaux !

Tout change, tombe et s'écroule ;
Je sais ce que vaut, je crois,
L'amour ardent de la foule,
Le pouvoir aux mains des rois.

Deux cents fois j'ai vu la terre
Se couvrir d'un blanc linceul,
Ainsi qu'un vieillard austère,
Debout, je suis resté seul !

Maintenant, calme, je rêve
Aux maux de l'humanité,
Et tranquillement j'achève
Le temps que Dieu m'a compté.

Les ans pèsent sur ma tête,
Ma sève est moins forte... hélas !
Je sens que ma tâche est faite,
Je suis bien vieux et bien las.

Bientôt, si l'on doit m'abattre,
De mon bois que fera-t-on ?
Sera-ce un toit pour le pâtre
Ou le train d'un lourd canon ?

Ou bien encore, — crainte sombre,
Je frissonne en y pensant, —
Un gibet dressé dans l'ombre,
Un échafaud teint de sang !

Pitié pour le centenaire !
Seigneur, si tel sort m'attend,
Ah ! que plutôt le tonnerre
Me broie en poudre à l'instant !

La justice au front sévère,
Le glaive hors du fourreau,
Est sans doute nécessaire,
Mais n'en est pas moins bourreau.

La guerre, sombre harpie,
M'effraye.... et dans mon émoi
Je dis : la guerre est impie !
Tu l'avais dit avant moi.

Mais dans leur affreux délire,
Sans craindre de t'offenser,
Les hommes s'entre-déchirent
Quand ils devraient s'embrasser.

Et tu ne peux pas permettre
Que moi, pauvre vieux rêveur,
Je sois justicier, ô Maître!
Ou que j'aide leur fureur.

Mais nul ne m'entendra geindre
Sous le choc sinistre et sourd
Du fer qui viendra m'atteindre
Et marquer mon dernier jour,

Si, là-bas sur la colline,
Mon bois doit servir, Seigneur,
A bâtir une chaumine
Pour quelque honnête pasteur.

Qu'ainsi finisse ma tâche,
Et, sans peur du bucheron,
Je tomberai sous la hache
En bénissant ton saint nom!

Je suis le vaste chêne à la tête superbe,
Au vieux tronc qui résiste au temps;
Mon front touche à la nue et mon pied est dans l'herbe
Depuis près de deux fois cent ans.

A MES SŒURS.

L'ORPHELIN ET L'ANGE DE LA NUIT.

PIÈCE COURONNÉE PAR LA SOCIÉTÉ IMPÉRIALE D'AGRICULTURE, SCIENCES ET ARTS DE VALENCIENNES.

1868.

Seigneur, dans l'avenir ne fais plus d'orphelins...
Mme. D. V.

Près d'une croix de bois nouvellement plantée,
Un petit orphelin sanglottait à genoux ;
La lune promenait sa lumière argentée
Sur son jeune front pâle et doux.

Oh ! mère, disait-il, mère, ma seule amie,
Mère, que j'aimais tant, et que j'appelle en vain,
Pourquoi sous ce gazon es-tu donc endormie
Quand ton enfant en pleurs erre sur le chemin ?

Mère, ils sont bien méchants les enfants du village,
Et rarement l'un d'eux joue avec l'orphelin ;
Hier, ils ont trouvé trop triste mon visage,
Et trop vieux mon sarrau de lin...

Je ne puis travailler, je suis si faible encore,
Je tends la main. . . hélas ! on me chasse souvent ;
Quand vient la nuit, j'ai peur, et la faim me dévore,
Je dors sur le pavé, sous la pluie et le vent.

Jadis, je m'en souviens, mère, ta main si douce
Préparait la couchette et l'oreiller soyeux
Où, comme un jeune oiseau dans la plume et la mousse,
Je m'endormais calme et joyeux.

Et je dormais si bien ! un baiser de ta bouche
Avait fermé mes yeux. Oh ! oui, je dormais bien,
Car je te savais là, veillant près de ma couche
Avec ce tendre ami qu'on nomme « ange gardien. »

Lorsque le coq chantait, ma timide paupière
S'entr'ouvrait doucement aux feux naissants du jour,
Et c'était toujours toi qui venais la première
Me caresser avec amour !

Maintenant me voilà sur la route, sans guide. . .
Ce soir, ne sachant point où diriger mes pas,
Je suis venu vers toi. . . mais dans ta couche humide
Tu dors, mère chérie, et tu ne m'entends pas !

Il sanglotta longtemps à genoux sur la terre ;
Dans les rameaux d'un if chantait un rossignol ;
Bercé par les accents du chanteur solitaire,
L'enfant s'endormit sur le sol.

Quand l'ange de la nuit passa dans ce lieu sombre
En secouant dans l'air ses bienfaisants pavots,
Il suspendit son vol et regarda dans l'ombre
Cet enfant qui dormait, et murmura ces mots :

« Pauvre oisillon sans nid, pauvre petit sans mère,
» Il dort... Mais, au réveil, qui lui tendra la main ?
» Désormais il va boire à cette source amère
» Où s'abreuve tout orphelin...

» Esquif abandonné, le vent de la misère
» Un jour le jettera, brisé, sur quelque bord,
» Et le vice étreindra dans son horrible serre
» Ce pauvret qui sommeille, honnête et pur encor ! »

L'ange, le cœur rempli d'une pitié profonde,
Se pencha sur l'enfant qui rêvait, soucieux,
A sa mère envolée... et sur sa tête blonde
Posa son doigt mystérieux.

Puis, sans qu'il s'éveillât, vers la voûte étoilée,
Rapide il l'emporta dans ses bras gracieux.
Et quand l'aube parut ravissante et voilée,
L'orphelin retrouvait sa tendre mère aux cieux !

DIEU REGARDANT LA TERRE.

A Mr F. F...

> Ces vers vont vers vous triomphants,
> Je leur ai dit : Allez, j'espère
> Pour vous l'accueil qu'un tendre père
> Réserve à de faibles enfants.

Un jour, Dieu soulevant un coin du paradis,
Regarda fourmiller les hommes sur la terre;
Il regarda les champs, le palais, le taudis,
Et l'usine fumant comme un brûlant cratère.

Il regarda passer dans son riche équipage
La femme le front ceint de fleurs et de rubis,
Et cette autre traînant quatre enfants en bas-âge,
Pieds nus et presque sans habits.

Il regarda le noir portant sur son échine
Le fardeau d'un cheval, sous un soleil brûlant,
Et le fouet du colon creusant sur sa poitrine
Un sillon horrible et sanglant!

Il regarda passer le monarque superbe
Et ses nombreux sujets suivant son étalon,
Courbant leurs fronts soumis, ainsi que les brins d'herbe
Courbent les leurs sous l'aquilon.

Il regarda, pensif, l'atelier, vaste ruche,
Où l'homme, sombre abeille, apporte son talent,
Et tord le rouge fer ou façonne la buche,
Sous les yeux d'un maître indolent.

Il contempla longtemps ces contrastes sans nombre,
D'un œil mélancolique et souvent irrité;
Quand la terre à ses yeux disparut comme une ombre,
Il dit : J'avais pourtant créé l'égalité!

CE QUE J'AIME.

Folle à qui je dois l'ivresse
De mes nuits et de mes jours,
Tu veux qu'ici je confesse
Le nom de tous mes amours. . .

Ce que j'aime ? c'est étrange,
Oh ! bien étrange, vois-tu ;
Comme pour un rien, mon ange,
Mon cœur a souvent battu !

Sans en connaître les causes,
Un ardent besoin d'aimer
M'entraîne vers tant de choses. . .
Soit, je vais te les nommer.

Mais je ne puis, chère belle,
Avec ordre les classer,
Ils arrivent pêle-mêle,
Pêle-mêle ils vont passer.

D'abord, humble créature
A l'esprit contemplateur,
J'aime, devant la nature,
A penser au Créateur

J'aime le concert mystique
Que nous donne chaque nid,
Tout autant que la musique
D'Auber et de Rossini.

J'aime à voir dans la nuit brune,
Quand tout est silencieux,
Sur un lac sombre, la lune,
Mirant son front gracieux.

J'aime les vers de Malherbe,
Les satires de Boileau;
J'aime à m'étendre sur l'herbe
En regardant couler l'eau.

J'aime entendre un cri de joie,
Qu'il parte de n'importe où;
Du satin et de la soie
J'aime le coquet frou-frou.

J'aime à voir naître un sourire
Qui montre de blanches dents,
Et de bon cœur j'aime à rire
Des cuistres et des pédants.

J'aime à me sentir à l'aise
Dans mon habit neuf ou vieux,
Et j'aime *la Marseillaise*,
Ce chant de nos fiers aïeux.

J'aime les leçons sublimes
Du Martyr du Golgotha ;
J'aime toutes les victimes
Que l'ignorance tua.

J'aime le chant doux et vague,
Au mystérieux accord,
De la blanche et molle vague
Qui vient mourir sur le port.

J'aime, dans l'eau des fontaines,
A voir briller les cailloux ;
J'aime les vertus sereines
Et les biscuits de Guilloux.

Au fond d'une vieille église
Sans faste, j'aime à prier.
J'aime le vin qui me grise
Et me fait tout oublier.

J'aime à voir sur une rose
Un papillon se poser ;
Sur une bouche mi-close
J'aime à cueillir un baiser.

J'aime la noire hirondelle
Qui revient avec avril,
Et balaye, à grand coup d'aile,
La neige et le blanc grésil.

J'aime à lire un beau poème;
J'aime les doux soirs d'été,
J'aime les choux à la crême
Et j'aime la liberté.

J'aime applaudir au théâtre,
Hugo, Ponsard, Scribe, Augier;
J'aime le grillon folâtre
Qui chante dans mon foyer.

L'hiver j'aime la campagne
Dans sa mante de flocons;
J'aime à voir le blanc champagne
S'échapper des noirs flacons.

J'aime le parfum rustique
Des sainfoins jetés en tas;
Et j'aime la république,
N'en déplaise aux potentats.

J'aime notre belle France,
Plus encor l'humanité;
J'aime à voir sur la souffrance
Se pencher la charité.

J'aime, lorsque la nuit tombe,
A fouler les champs en fleurs;
J'aime à songer à la tombe
Où s'endorment les douleurs.

Malgré sa grâce douteuse
En sa médiocre beauté,
J'aime la muse rêveuse
Que Dieu mit à mon côté.

J'aime enfin d'ouvrir ma porte
Après un jour agité,
Au soir serein qui m'apporte
Un peu de tranquillité.

Voilà le tableau sincère
De ce que j'aime, je crois,..
Mais ce que mon cœur préfère
A tous ces amours, — c'est toi !

LES DEUX IMAGES.

A JULES DOUCHEZ.

L'ENFANT.

Père, dans le lieu saint où je vais le dimanche
Avec toi, prier à genoux,
Près de l'autel sacré, sur la muraille blanche,
Je vois deux Christs aux regards doux.

L'un est en or bruni, comme un soleil il brille,
L'autre est en bois noir simplement;
Et tous deux, à travers la haute et sombre grille,
Semblent regarder tristement.

Père, de ces deux Christs accrochés aux murailles,
Pourquoi l'un de bois, l'autre d'or?

LE PÈRE.

Ces images, mon fils, servent aux funérailles,
Elles accompagnent le mort.

L'ENFANT.

Toutes les deux?

LE PÈRE.

Non pas; l'opulent qui succom
Par le beau Christ d'or est guidé,
Et le pauvre qui va reposer dans la tombe,
Du Christ de bois est précédé.

L'ENFANT.

Il y a donc deux Dieux?

LE PÈRE

Non, mon enfant, les hommes
Ont tort d'agir comme cela;
Un seul Être est là-haut qui nous juge; nous sommes
Tous égaux devant ce Dieu là!

S'il regarde, mon fils, de la céleste voûte,
Lui qui ne doit rien ignorer,
Ces Christ d'or et de bois le font rire, sans doute,
Ou peut-être le font pleurer...

CE QUI DONNE L'OUBLI.

L'un aime la fortune, attrayante maîtresse,
Qui donne en souriant plaisir et volupté;
Un autre le succès, rayon qui le caresse;
Un autre encor le vin qui donne la gaîté;
Un autre enfin l'amour qui conduit aux extases...
Moi, qui vais soucieux, le front un peu pâli,
J'ai trouvé l'amertume au fond de bien des vases,
Et j'aime le sommeil qui me donne l'oubli.

DON PEDRO.

I

Holà! vieille! ouvre donc ta porte,
Ou je l'enfonce, sur ma foi;
Ouvre sibylle, je t'apporte
De l'or, et tu l'aimes, je croi?

Ainsi dans une rue obscure,
Au seuil d'un bouge sale et noir,
Un jeune homme à noble figure
Appelait et frappait un soir.

Par une lucarne en ruine,
Une vieille parut et dit,
Montrant sa tête de fouine :
—Qui frappe? seigneur ou bandit?

— Par saint Marc, sorcière du diable,
Pour le savoir ouvre d'abord;
Puis, d'une voix plus agréable :
Femme, veux-tu gagner de l'or?

Sa main fit résonner dans l'ombre
Des ducats, au même moment
On vit la porte étroite et sombre
Tourner sur ses gonds prestement.

L'homme entra. La vieille sibylle
Referma la porte avec soin,
Et montra de sa main débile
Un escabeau, qu'il ne prit point.

Une odeur fétide et malsaine
Infectait ce lieu dégoûtant,
Une lampe éclairait la scène,
Digne du crayon de Rembrandt.

Couché sur la table crasseuse,
Un chat noir roulait son œil vert,
Et près de la lampe fumeuse,
Un livre étrange était ouvert.

Des hiboux, des lézards énormes,
Étaient accrochés sur le mur,
Et mille objets de toutes formes
Se perdaient dans le fond obscur.

Suspendue au milieu de l'âtre,
Une marmite clapotait,
Et la flamme vive et bleuâtre
Autour de ses flancs noirs montait.

La vieille, avec un laid sourire,
S'approcha du beau cavalier;
Dans sa face couleur de cire
On voyait son œil gris briller.

Seigneur, que voulez-vous, dit-elle?
De moi désirez-vous savoir
Si votre maîtresse est fidèle?
Cette chose est en mon pouvoir.

Ou désirez-vous que je lise
Sur l'heure en votre souvenir?
Ou bien encore, que je dise
Ce que vous garde l'avenir?

— Laisse ce ridicule conte;
Si tu le veux, parlons raison;
Écoute bien, ce soir je compte
Obtenir de toi du poison...

— J'en ai, seigneur, là, dans ces fioles;
L'un fait succomber lentement;
Cet autre glace les paroles
Sur la lèvre, instantanément.

De ce narcotique subtile
Une goutte à l'instant endort,
Et donne au corps froid, immobile,
Les apparences de la mort.

— Je veux aux bras de ma maîtresse
Cette nuit trouver le trépas,
Mais je veux que ton poison laisse
A mon front ses jeunes appas.

Peut-être me connais-tu, vieille :
Je suis Don Pedro d'Orbella..
— Oh! oui, seigneur, à mon oreille
Souvent est venu ce nom là.

Il court et va de bouche en bouche,
A lui seul il emplit Madrid,
Et la femme la plus farouche
A ce nom bientôt s'attendrit!

Entend-on une sérénade :
Don Pedro, dit-on aussitôt!
Si la nuit on rosse l'alcade :
Don Pedro, toujours don Pedro!

Vous avez richesse, puissance,
Renommée, avenir, bonheur,
Chacun vous fête et vous encense,
Et vous voulez mourir, seigneur?

-- J'avais une fortune immense ;
Colosse à cette heure abattu,
Avant que la gêne commence
Je veux partir... me comprends-tu ?

On se rirait de moi, peut-être,
Si j'étais pauvre ; oh ! non, je veux
Non point tomber, mais disparaître,
Et puis j'ai vécu, je suis vieux.

Olivia m'attend, et sa bouche
A des baisers d'amour brûlants ;
Pour tombe je choisis sa couche,
Et pour linceul ses deux bras blancs !

Prends cet or. — Ainsi cette fiole
Contient un poison sûr et prompt,
Qui, près de ma maîtresse folle,
Cette nuit glacera mon front ?

— Oui, seigneur, sans nulle souffrance
On va de la vie au trépas.
— Merci, femme, et surtout silence !
Don Pédro partit à grands pas.

II

Le lendemain, deux capitaines
Portant barbe et moustache en croc,
Rapière au flanc, mines hautaines,
S'abordèrent sur le Prado.

Ça, maître, il court une nouvelle,
Dit l'un, qui te surprendra fort :
— Eh bien, qu'est-ce donc? — Chez sa belle
Don Pedro cette nuit est mort...

Ah! je gage qu'une estocade
L'a fait détaler chez Pluton?
— Point, il est mort, cher camarade,
D'un anévrisme, assure-t-on.

ANNA.

Elle avait toujours froid, elle n'était contente
Que devant le foyer à la flamme éclatante,
Dont la douce chaleur
Donnait à sa figure un peu moins de pâleur.

Longtemps avant le jour, la pauvre infortunée
Se levait pour gagner le pain de la journée ;
Elle quittait son lit
Et toussait, en tenant son jeune front pâli.

Elle sortait ; la bise à l'haleine glacée
Entourait d'un frisson sa poitrine oppressée,
Et le long des chemins
Elle allait en cachant ses diaphanes mains.

Enfin elle arrivait lassée et chancelante,
Reprenait son outil dans sa main défaillante,
Et ce travail trop lourd
La torturait ainsi douze heures chaque jour!

Pauvre deshéritée!... en vain ses doigts débiles
Se tordaient, s'épuisaient en efforts inutiles,
La force lui manquait;
Alors elle pleurait, toussait et suffoquait.

Je me souviens, le soir, la veille du dimanche,
Un sourire naissait sur sa figure blanche,
Et d'un air enfantin
Elle disait: Je puis dormir demain matin...

Mais il fallait, hélas! regagner ce lieu sombre
Où l'enfance languit comme la fleur à l'ombre,
Gouffre noir et malsain,
Où des esclaves blancs tourbillonne l'essaim.

Ce travail la tuait. — Puis, dans le fond de l'âme,
Elle avait un chagrin, chagrin secret de femme,
Brûlant comme le feu,
Qu'on cache aux yeux de tous et dont on parle à Dieu.

Un jour, l'outil tomba de sa main harassée,
La travailleuse enfin, vaincue et terrassée,
Dut quitter l'atelier
Pour l'hôpital... asile au pauvre familier

J'allais la voir parfois ; son front plus incolore
Penchait comme le saule ; elle espérait encore
Et me disait toujours :
Je sens que j'irai mieux quand viendront les beaux jours.

Le printemps ! le printemps ! sitôt son arrivée
Mes forces reviendront et je serai sauvée. . .
Va-t-il bientôt venir ?
Elle faisait alors des rêves d'avenir.

Le printemps est venu ; tout rit, la feuille pousse,
Anna dort pour jamais sous l'herbe fine et douce,
Et le printemps si beau
D'un rayon de soleil caresse son tombeau

PRÈS D'UNE ÉGLISE

A HENRI B.

Près d'un temple au vaste portique,
Que le luxe vain décorait,
Une femme au front angélique,
Tristement assise pleurait.

Ses cheveux, sur ses deux épaules,
Se balançaient souples et beaux,
Comme le feuillage des saules
Sur le marbre blanc des tombeaux.

Une robe de laine blanche
Flottait sur son corps frêle et pur;
Un humble ruban sur sa hanche
Montrait son onduleux azur.

Lentement je m'approchai d'elle,
Et prenant sa main dans ma main :
Pourquoi ces pleurs dans ta prunelle,
Dis-je, quel est donc ton chagrin?

Je suis, dit l'enfant, sans asile,
Un ennemi me suit partout
Et me chasse de ville en ville;
De courage je suis à bout.

En riant l'infâme m'accable,
Debout je le trouve en tous lieux;
Tu connais ce maître implacable :
C'est le luxe au front orgueilleux !

Réfugiée en cette église,
J'espérais n'en jamais sortir,
Hier, — douloureuse surprise ! —
On me dit qu'il fallait partir...

J'ai bien supplié, mais qu'importe,
A moi nul ne s'intéressa;
Le luxe entra par une porte,
Par l'autre alors on me chassa !

Son œil bleu redevint humide;
Quel est ton nom, dis-je, attristé?
Elle, alors, de sa voix timide :
On me nomme SIMPLICITÉ.

LA FAUCHEUSE.

A Mr H. VERLY.

Je suis la faucheuse au front pâle,
La sombre ouvrière de Dieu,
La compagne du dernier râle,
Le témoin du suprême adieu.
Je vais de l'un à l'autre pôle,
Moissonnant dans tous les chemins,
Portant sur ma nerveuse épaule
Les gerbes d'âmes des humains.

Invisible, je fends l'espace
Aussi rapide que l'éclair,
Et nul n'entend, lorsque je passe,
Ma grande faulx siffler dans l'air;
Je fauche, sur la terre et l'onde,
Sans ardeur comme sans ennui,
Je suis vieille comme le monde
Et ne dois finir qu'avec lui.

Je frappe, faucheuse farouche,
La jeune fille aux yeux riants,
L'enfant endormi sur sa couche,
Le vieillard courbé par les ans.
Tel me demande avec instance,
Tel me regarde épouvanté;
Pour l'un mon nom est — délivrance, —
Et pour l'autre — fatalité! —

J'entre dans le caveau plein d'ombre
Où l'avare sur son trésor
Veille, inquiet, fiévreux et sombre,
Étreignant des sacs gonflés d'or...
Je le frappe, et froid et livide
A mes pieds lorsqu'il vient rouler,
Je lui dis : qui vint la main vide,
La main vide doit s'en aller!

Je frappe les rois sur leurs trônes,
Les mendiants sur leurs grabats;
Jamais l'éclat vain des couronnes
N'a pu faire hésiter mon bras.
Aux uns pompeuses funérailles,
Aux autres modestes convois :
Tous sont jetés dans les entrailles
Du sol qui s'entr'ouvre à ma voix!...

Nul mortel à mes coups n'échappe ;
Impassible devant les pleurs,
Quand l'instant est venu, je frappe,
Sans haine comme sans douleurs ;
Lorsque le blanc suaire couvre
L'être que la vie a quitté,
Dieu touche l'œil clos qui se rouvre
Sur le seuil de l'éternité !

Quand viendra la sombre journée
Où la trompette sonnera,
Ma tâche sera terminée,
Ma lourde faulx se brisera...
A la terre bouleversée
Jetant un long regard d'adieu,
J'irai, faucheuse harrassée,
Demander le repos à Dieu.

ÉCRIT SUR UNE PHOTOGRAPHIE.

A Mr L. D.

Pour ton album voici ma tête...
— Tu vois, j'y mets peu de façons ; —
Mais à quoi bon des mots, poëte ?
De longtemps nous nous connaissons :
Tes chansons font naître le rire,
Les miennes, rêver doucement ;
Je suis le roseau qui soupire,
Toi, l'oiseau qui chante gaîment
Tu tiens les grappes de l'automne,
Je n'ai plus les fleurs du printemps ;
Tu chantes assis sur la tonne,
Je regarde fuir mes vingt ans !

MUSE, FAISONS-NOUS ÉPICIERS.

A Mr L. DEBUIRE.

Ami, la chose est décidée,
Si vous trouvez cela plaisant,
Tout à votre aise riez-en,
Nous ne changerons pas d'idée.

Depuis longtemps, muse candide,
Chez moi tout marche de travers;
Or, aujourd'hui je me décide
A laisser la plume et les vers...

D'abord, on ne s'enrichit guère
Dans ce métier là, — tant s'en faut! —
C'est à qui vous fera la guerre;
Rimer, ma fille, est un défaut.

Le veau d'or du jour est l'idole,
Le monde est aux pieds du géant;
On traite la muse de folle,
Le poëte de fainéant!

Comment trouves-tu l'épithète?
Eh quoi, des pleurs dans ces beaux yeux.
Baste! relève donc la tête
Et prends de suite un air joyeux.

Vois-tu, je veux aujourd'hui même
Faire un métier plus lucratif;
Ce siècle a raison et je l'aime,
Muse, faisons du positif.

Fi de la molle rêverie
Ou du luth aux cordes d'acier.
Ma foi, vive l'épicerie!
C'est dit, je me fais épicier!

Fais comme moi; quoi, tu balances?
Oh! pas de honte, sans souci
Tu peux te servir de balances,
Thémis, en main, en tient aussi.

Ote ta tunique légère,
Dans des chaussons mets tes pieds nus,
Et sous un caraco, ma chère,
Cache ta taille de Vénus.

La recherche des rimes riches
Compromet souvent ta santé;
Il vaut mieux vendre des pois-chiches,
Du jus de réglisse et du thé.

Loin de succomber à la tâche,
Nous gagnerons de l'embonpoint ;
Mais je vais raser ma moustache,
Les épiciers n'en portent point.

Et cette longue chevelure
Où tu passais souvent les doigts,
Où la brise embaumée et pure
Venait folâtrer quelquefois ;

Il faut... ah ! mais cela m'indigne !
Comment, je m'oublie... halte-là !
Silence ! soyons calme et digne ;
O Muse, sois ma Dalila !

Nul ne saura me reconnaître,
Je vais avoir l'air d'un bedeau ;
Mais pour acquérir le bien-être
On peut se faire un peu moins beau.

Je vendrai de la cassonnade
Au lieu de faire des sonnets ;
En long peignoir de cotonnade,
Muse, tu feras des cornets.

Gravement, devant ma boutique,
Je priserai sur le trottoir,
Quand souriant à la pratique
Tu siégeras dans le comptoir.

Ah! ma chère amie, il me tarde
De mettre mon tablier gris,
Et de débiter ma moutarde,
Mes œufs, ma canelle et mon riz.

Déjà je te vois, ma mignonne,
Les cheveux noués en chignon,
Au client, qui souvent rognonne,
Pesant sucre, poivre et oignon.

Mais il faut que je me marie...
Puis-je encore être ton amant,
Comme au temps où dans la prairie
Nous courions à deux follement?

Non, eh bien, ma foi je t'épouse,
Ma belle amie aux yeux riants;
Mais surtout ne sois pas jalouse
Si je ris avec mes clients.

J'entends dans mon épicerie
Être gai, dire de bons mots;
A propos, crois-tu, ma chérie,
Me donner beaucoup de marmots?

Tu rougis et baisses la tête
Et ton œil si doux et si bleu...
L'épicière la plus honnête
Ne doit pas rougir pour si peu.

Un jour enfin, ô ma compagne,
Nous cèderons le magasin,
Nous irons vivre à la campagne,
Car l'air est là beaucoup plus sain.

Le soir nous irons sur la route,
Digérer sous les blancs bouleaux;
Ton nez sera rouge, sans doute,
Et tu pèseras cent kilos.

J'enfermerai ma grosse taille
Dans un pantalon de nankin,
Et sous un grand chapeau de paille
Je sourirai d'un air serein.

Mais j'y songe, de la Fortune
La Gloire souvent suit les pas;
Ne puis-je point de ma commune
Devenir maire? eh! pourquoi pas?

Eh bien, ensuite je soupçonne
Qu'étant ainsi considéré,
Cela n'étonnerait personne
Si j'étais un jour décoré.

Oh! la riante perspective!
Muse, mets ta main dans ma main,
C'est dit, la chose est positive.
Nous ouvrons boutique demain!

AU LECTEUR

QUI VIENT DE ME LIRE.

Homme de lettres ou de banque,
Artiste, marchand ou rentier,
Ouvrier, prince ou saltimbanque,
Qui viens de me lire en entier :

Permets qu'avec reconnaissance
Et respect je baise ta main ;
Tu viens, homme de rare essence,
De faire un effort surhumain.

J'aime et j'admire ton courage ;
Cependant, dans ton intérêt,
O lecteur trop bon, je t'engage
A garder cela bien secret.

Du baromètre de la prose
Le beau-fixe est : *Journal d'un sou*...
Or, aujourd'hui lire autre chose
Est d'un idiot ou d'un fou,

Quel effet! rien que les gravures
Vous donnent le frisson aux reins;
Là passent les mâles figures
Des Rocamboles à tous crins!

Là, cher, l'émotion vous gagne,
On tue à tire-larigot;
On respire un parfum de bagne,
On apprend à parler l'argot.

Le fourbe se mêle au sinistre :
Macaire sourit à Néron;
Là, le larron devient ministre,
Le ministre se fait larron.

Sans gêne on habille l'histoire
De la défroque d'Arlequin;
On nous raconte une victoire
A propos de quelque faquin.

C'est ravissant; les jeunes femmes
Dévorent, au coin de leur feu,
Le récit des amours infâmes
De Catins de bas et haut lieu!

A ce jeu, la vierge timide
Perd l'innocence de son cœur,
Et le jeune homme au front candide
Devient un sceptique moqueur.

Progrès! oui, progrès d'écrevisse...
Souvent le cœur, dans ce fatras,
S'éprend de pitié pour le vice,
Et pleure sur les scélérats!

Voilà comme on forme les hommes
Dans ce siècle grand et si fier;
Et nous, en niais que nous sommes,
Nous rêvassons le nez en l'air,

Et nous rimons... c'est du délire,
Car notre seul espoir, ma foi,
Est de rencontrer pour nous lire
Un autre niais .. comme toi.

TABLE.

A TRAVERS CHAMPS.

LES SENTIERS DU CŒUR.

LES CHANTS DU SOIR.

LILLE IMP. L. DANEL

DU MÊME AUTEUR :

EN PRÉPARATION :

ESSAIS DRAMATIQUES

LESURQUES A LA CONCIERGERIE,

Monologue dramatique en un acte, en vers,

AVEC NOTES HISTORIQUES

LA DERNIÈRE HEURE D'UN VIEUX SOLDAT

Monologue dramatique en un acte, en vers.

PAOLO

DRAME EN VERS

COUPS DE FOUET

ESQUISSES SATIRIQUES

www.ingramcontent.com/pod-product-compliance
Ingram Content Group UK Ltd.
Pitfield, Milton Keynes, MK11 3LW, UK
UKHW031901260826
14628UKWH00002B/924

9 782013 038539